रेल कहानियाँ
(पुरस्कृत)

रेल कहानियाँ

(भारत सरकार के प्रेमचन्द पुरस्कार से सम्मानित कृति)

लेखक

कुन्दन कुमार

मुख्य कारखाना प्रबंधक

पश्चिम मध्य रेलवे, कोटा

पराग प्रकाशन

इस पुस्तक की कहानियाँ पूरी तरह काल्पनिक हैं। इन कहानियों में वर्णित विचार और भावनाएँ पूरी तरह मेरी अपनी हैं। इन कहानियों को लिखने का मेरा उद्देश्य किसी भी जाति, धर्म, समुदाय, विभाग, पद या व्यक्ति की आलोचना करना या उन्हें ठेस पहुँचाना नहीं है। – कुन्दन कुमार

ISBN–978-81-7468-145-4

मूल्य : दो सौ पचास रुपये / संस्करण : सन् 2018 / प्रकाशक : पराग प्रकाशन आई–2/16, मेन अंसारी रोड, दरियागंज, नई दिल्ली–110002, फोन : 301 88 888, 23279853, शब्द–संयोजन : पराग प्रिंटिंग सर्विस, नई दिल्ली–110048 द्वारा एवं बालाजी ऑफसेट, दिल्ली–110032 में मुद्रित।

Rail Kahaniyan *(Awarded Stories)*
by Kundan Kumar **Rs. : 250.00**

समर्पण

मैं इस पुस्तक को अपनी माताजी श्रीमती ललिता देवी, अपने पिताजी स्व. श्री प्रीतनारायण, अपनी सास-माता श्रीमती सुभद्रालाल, ससुर पिता श्री जगत नारायण लाल एवं अपने संपूर्ण परिवारजनों को समर्पित करता हूँ।

– कुन्दन कुमार

उद्गार

भारतीय रेल–राष्ट्र का स्पन्दन । इतना विशाल कि दुनिया के कई राष्ट्रों की जनसंख्या के बराबर लोग किसी भी समय भारतीय रेल के डिब्बे में यात्रा कर रहे होते हैं । भारत देश की महानता के हर एक पहलू को अपने में समेटे भारतीय रेल देश का वास्तविक प्रतिबिंब है । विभिन्न धर्म, जाति, बोली एवं क्षेत्र के लोग एक साथ रेल के डिब्बे में सवार हो यात्रा करते हैं ।

इस तरह भारतीय रेल भारतीय संस्कृति के समागम एवं भावनाओं के आदान–प्रदान का केन्द्र बिन्दु है । ऐसे में अक्सर यहाँ कुछ छोटी–बड़ी घटनाएँ घटित होती रहती हैं जो हमारे दिलों को स्पर्श करती हैं । मन–मस्तिष्क बहुत चंचल एवं संवेदनशील होता है । अपनी प्रकृति, अपने स्वभाव के अनुसार हम जिंदगी को, जिंदगी की घटनाओं को अपने नज़रिए से देखते हैं । घटनाएँ विचार एवं अनुभव के रूप में मन–मस्तिष्क में रिकार्ड होती जाती हैं । समाज है तो समस्याएं भी हैं । अपने रेल सेवा काल के अनुभवों को चुनकर इन्हें इकट्ठा कर इस पुस्तक में कलमबद्ध करने का प्रयास किया गया है । समस्याओं का सकारात्मक परिणाम देखने की लालसा ने मेरी रेल सेवा काल के अनुभवों को कहानी का रूप प्रदान किया है ।

कहानियों में निहित कथानक हमारे आस–पास की ही घटनाओं से प्रेरित हैं–विशेषता इतनी भर है कि कुछ पात्र रेल परिवार के हैं तो कुछ घटनाएं रेल से संबंधित

हैं । प्रस्तुत कहानी-संग्रह 'रेल कहानियाँ' में निहित घटनाएँ एवं भावनाएँ अक्सर मेरे मन में हिलोरें ले-लेकर यह एहसास दिलाती हैं कि ये सभी पाठकों के दिलों में अवश्य गहरी उतरेंगी ।

रेल कहानियों को लिखने की प्रेरणा स्त्रोत हैं—मेरी पत्नी विजयन्ती, बहन विभा, पुत्री सुगंधा, पुत्र आदित्य, भानजी सोना और विशेष रूप से मेरी आदरणीया माताजी श्रीमती ललिता देवी ।

इस पुस्तक में लिखी रेल कहानियाँ कल्पनाओं की उड़ान है जिसमें मेरी भावनाएँ, और विचार कलमबद्ध हैं । पाठकों की आलोचनाएँ लेखकों के लिए प्रेरणा स्त्रोत होते हैं । पाठकों के सुझाव लेखक की कलम को दिशा एवं गति प्रदान करते हैं । आप अपनी आलोचनाएँ या अपने सुझाव *kundankr1962@gmail.com* पर भेज सकते हैं ।

– *कुन्दन कुमार*

विषय-सूची

घरौंदा

कुदरत ने सभी इंसान की प्रकृति, स्वभाव एवं सोच को भिन्न-भिन्न बनाया है। स्त्री एवं पुरूष के स्वभाव में भी काफी भिन्नता होती है। जब स्त्री एवं पुरूष शादी कर अपनी शादीशफदा जिंदगी की शफरूआत करते हैं तो उनके स्वभाव की भिन्नता नोंक-झोंक के रूप में सामने आती है और जिंदगी में कडुआहट आने लगती है। परंतु स्त्री पुरूष का एक दूसरे के लिए प्राकृतिक आकर्षण प्यार के रूप में सामने आता है और प्यार एवं विश्वास उन दोनों को आपस में बांधे रखता है। इस प्रकार स्वभाव की भिन्नता यदि दोनों को अलग करने की कोशिश करती है, वहीं प्यार एवं विश्वास उन्हें नजदीक लाता है और वे एक दूसरे के साथ जीना सीख लेते हैं। परंतु इंसान के स्वभाव का एक और पहलू है—स्वाभिमान और इगो। यदि पति-पत्नी के बीच स्वाभिमान और इगो उनके प्यार पर भारी पड़ने लगे तो परिणाम खतरनाक होने लगता है।

प्रभात बचपन से ही तेज है, महत्त्वाकांक्षा भी प्रबल है, पढ़ लिखकर कुछ अच्छा, कुछ बड़ा करना चाहता है। साधारण आर्थिक क्षमता वाले माता-पिता के बच्चे को ऊँचाई छूने का यही एक जरिया है—लगन और मेहनत से पढ़ाई करना। प्रभात के माँ-बाप को भी प्रभात पर गर्व है क्यों कि उसके लक्षण बचपन से ही अच्छे दिखते हैं। हर क्लास में प्रभात अव्वल आता है। होनहार पुत्र को सफल देखने के लिए उसके माता-पिता जिंदगी की दूसरी जरूरी बातें भी बताते रहते हैं—जिंदगी में सफल होने के लिए अनुशासित होना बहुत जरूरी है, इंसान को फिजूल खर्च से बचना जरूरी है नहीं तो बुरी लत लग जाती है, इंसान को कम बोलना और ज्यादा कार्य करने में रूचि रखनी चाहिए, लड़कों को दोस्त भी कम से कम बनाना चाहिए नहीं तो दोस्तों की बातों एवं मौजमस्ती से पढ़ाई में विघ्न बाधायें आती है।

महत्त्वाकांक्षी प्रभात माता-पिता की इन बातों को जीवन का मूलमंत्र मानकर इन बातों को खूब महत्त्व देता है । ये बातें उसके स्वभाव, उसकी आदतों में समा चुकी हैं । वह बहुत अनुशासित जीवन जीता है, किताब-कापी ही उसकी दुनिया है । फिजूलखर्ची और दोस्तों के बीच वह कभी समय बर्बाद नहीं करता है । प्रभात हर वर्ग में हर अच्छे परिणाम से पास होकर लगातार आगे बढ़ते हुए ऊँची शिक्षा प्राप्त करता है । बड़े होकर वह एक बड़ी कंपनी में बड़े ओहदे पर कार्य करने लगता है ।

पढ़ाई पूरी हो जाने के बाद, नौकरी प्राप्त हो जाने पर उसकी शादी प्रिया से होती है । प्रिया काफी पढ़ी लिखी है, केमिस्ट्री में एम.एस.सी. है । प्रिया एक सुंदर लड़की है, बड़े माँ बाप की पुत्री है । पिता नामी वकील हैं, जोरदार प्रैक्टिस है, खूब नाम है । प्रिया खुले विचारों वाली है, घूमना फिरना, फैशन करना, सखी-सहेली से मिलकर हंसना, सिनेमा देखना, शॉपिंग करना, अच्छे-अच्छे कपड़े पहनना आदि उसे बहुत पसंद है । अपनी सुंदरता पर भी उसे काफी गर्व है । अपने फिगर और चेहरे की सुंदरता को निखारने के लिए हमेशा प्रयासरत रहती है ।

प्रभात और प्रिया एक दूसरे को पसंद करते हैं, फिर शादी होती है । प्रिया को प्रभात का आकर्षक व्यक्तित्व एवं उसका ऊँचा ओहदा बहुत पसंद है । प्रभात को प्रिया की सुंदरता भा गई है ।

शादी के कुछ समय बाद प्रभात एवं प्रिया के स्वभाव की भिन्नता उनके दाम्पत्य जीवन पर हावी होने लगी और उन दोनों के बीच नोंक-झोंक के रूप में सामने आने लगी । प्रभात ऑफिस के काम को सर्वाधिक महत्त्व देता, देर तक ऑफिस में रहना, देर तक काम करना, ऑफिस के कामों में ही दिमाग लगाए रहना उसकी आदत बन चुकी थी । प्रिया उसे पिक्चर या शॉपिंग के लिए कहती तो कभी प्रभात काम का बहाना कर टाल देता, कभी जाता भी तो अनमने ढंग से । प्रिया को धीरे-धीरे प्रभात के साथ घूमने जाना बोरियत-सा लगने लगा । बल्कि प्रिया को लगने लगा कि प्रभात एक नीरस व्यक्ति है । प्रिया ब्यूटी पार्लर जाती, शॉपिंग करती, अपने लिए ड्रेस, चप्पल या सौंदर्य प्रसाधन की वस्तुएं खरीदती तो प्रभात को अखरता, उसे ये सब फिजूलखर्ची लगता था । प्रिया को शौक होता कि वह और प्रभात अच्छे-अच्छे ड्रेस पहनकर तैयार हों, प्रिया मेक-अप कर प्रभात के साथ घूमने जाये,

मौजमस्ती करें, प्रभात उसकी सुंदरता की तारीफ करे, प्यार भरी बातें करे। परंतु प्रभात को यह सब करना नहीं आता था। अच्छे ड्रेस पहनने का उसे शौक नहीं था, वह इसे फिजूलखर्च समझता, मौजमस्ती करना उसकी आदत नहीं थी, पत्नी की सुंदरता का बखान करना उसे आता नहीं था। प्रिया की इच्छाओं की पूर्ति के लिए प्रभात फेल हो रहा था एवं प्रभात के विचारों और सिद्धांतों की कसौटी पर प्रिया असफल हो रही थी।

प्रभात और प्रिया के बीच नोंक-झोंक अब धीरे-धीरे झगड़े का रूप लेने लगी। झगड़े का कारण अक्सर छोटी-छोटी बातें ही हुआ करती, परंतु छोटी-छोटी बातें अक्सर बड़े-बडे झगड़े का रूप लेने लगी। झगड़े होते, कडुआहट बढ़ती, मन में गुस्सा जन्म लेता, गुस्सा से मर्यादा की सीमाएं टूटने लगती। परंतु फिर दोनों संभलते, समझदारी से काम लेते, फिर स्त्री पुरूष का प्यार हावी होता और फिर जिंदगी आगे बढ़ती। यह सिलसिला चलता गया। उनके घरौंदे में एक नया मेहमान आ गया—प्यारा सा, नन्हा-सा। इस नन्हे मेहमान के कारण फिर कुछ अच्छे दिन गुजरे पर फिर नोंक-झोंक एवं झगड़े शुरू हो गए।

प्रिया की करीब तीन साल छोटी बहन थी प्रीति। प्रिया एवं प्रीति बहनें भी थी, दोस्त भी थी। प्रिया अपनी समस्याओं की चर्चा प्रीति से करती। प्रीति दीदी की बातों को सुनती, समझती। प्रीति प्रिया से थोड़ी अलग थी। प्रीति प्रिया से ज्यादा समझदार, परिस्थितियों के अनुरूप अपने को ढाल कर चलने वाले स्वभाव की थी। प्रिया पर बीती कई छोटी-बड़ी घटनाओं के बाद प्रीति अपने जीजाजी से बात करती। प्रभात अपनी बात प्रीति के सामने रखते। दोनों से बातें करने पर प्रीति को साफ-साफ लगता कि प्रभात एवं प्रिया एक दूसरे को प्यार तो बेहद करते हैं पर अपनी-अपनी आदतों से मजबूर हैं। दोनों के स्वभाव एवं आदतों में काफी भिन्नता है और स्वाभिमानवश दोनों अपने को एक दूसरे के अनुरूप ढालने की कोशिश नहीं करते। वह प्रभात को समझाती कि जीजाजी दीदी आप को बहुत प्यार करती हैं, आप उसकी भावनाओं एवं शौक को महत्त्व दें। प्रीति दीदी को भी समझाती कि दाम्पत्य जीवन में थोड़ा समझौता आवश्यक है, तुम्हें जीजाजी की इच्छा के अनुसार चलने की कोशिश करनी चाहिए। प्रीति से प्रिया को चर्चा तो बहुत होती परंतु परिणाम कुछ खास सकारात्मक नहीं निकलता। न तो प्रभात अपने को

बदलने की कोशिश करता, न प्रिया। ऐसे में दिलों के बीच की दीवार खड़ी होने लगी, प्यार कम होने लगा, कड़ुवाहट बढ़ने लगी।

एक दिन की घटना है। घटना नहीं बल्कि घर की रोजमर्रा की ही बात है। प्रिया शॉपिंग के लिए गई थी। अब प्रिया अक्सर अकेले ही शॉपिंग करने चली जाती थी क्योंकि प्रभात को इन चीजों में कोई शौक नहीं है, फिर प्रभात शापिंग में जाए भी तो कोई भी चीज खरीदने में बंधान, हर चीज को खरीदने से पहले नुख्ता-चीनी करने से शॉपिंग का मजा ही खत्म हो जाता है। प्रिया ने अपने लिए दो कीमती एवं खूबसूरत जूतियाँ खरीदी। जूतियाँ बहुत खूबसूरत थी और प्रिया को बड़ी खुशी मिल रही थी।

शाम को प्रभात घर आया। देखा प्रिया बहुत खुश थी। प्रिया को रहा न गया, बोली आज मैं शॉपिंग के लिए गई थी। प्रभात ने थोड़ा व्यंग करके बोला-शॉपिंग गई थी या मॉल गई थी। प्रिया बोली-हाँ, हाँ मॉल में ही शॉपिंग की थी मैंने। मैंने अपने लिए दो खूबसूरत जूतियाँ खरीदी हैं। मुझे इतनी पसंद आयी कि अपने आप को रोक नहीं सकी, तुम भी देखोगे तो कहोगे कि हाँ, इतनी सुंदर जूतियाँ हैं कि कोई भी खरीदने को मजबूर हो जाएगा। इतना कहकर वह अंदर कमरे में भागी अपनी जूतियाँ लाने के लिए जैसे मन मचल रहा हो कि प्रभात देखते ही इसकी तारीफ करे। पीछे से प्रभात बोल पड़ा-पर तुमने तो पिछले माह ही एक जोड़ी जूती और एक जोड़ी चप्पल खरीदी थी। प्रिया प्रभात की बात अनसुनी कर खुश होती हुई अपनी दोनों जूतियाँ हाथ में उठाए कमरे से बाहर आकर ड्राइंग रूम में प्रभात को दिखाने लगी। प्रिया के चेहरे पर किसी जीत की खुशी थी। पर इसका कोई प्रभाव प्रभात पर नहीं पड़ने वाला था। उसने बड़ी बेरूखी से, बड़े अनमने ढंग से जूतियों को देखते हुए बोला-कितने रूपये का चूना लगा आई मुझे! एक ओर प्रिया के मन में खुशी की पराकाष्ठा, दूसरी ओर प्रभात के मन में बेरूखी की पराकाष्ठा। प्रिया का मुंह बन गया। वह मन ही मन नाराज हो गई। प्रभात भी मन में इस खरीददारी पर नाराज ही था। दोनों मुंह फुलाए हुए अपने-अपने काम में लग गए-बातचीत बंद हो गई। वातावरण में फिर एक मौन अशांति छा चुकी थी। जैसे-तैसे प्रिया ने रात का खाना बेमन से तैयार किया ाना एकदम बेस्वाद, ऐसा कि प्रभात बिना बोले नहीं रह सका। फिर शुरू हो गया वाकयुद्व। दोनों में झगड़े शुरू हो गए। झगड़े का रूप

भयंकर होने लगा। प्रिया आखिर बोल पड़ी–कंगाल घर में जन्म लिए हो इसलिए पैदाइशी कंजूस हो। पर मैं संपन्न घर से हूँ। इतना घुट-घुट कर इतनी पाबंदी में जीना मुझे बिलकुल पसंद नहीं है। तुम तो मुझे खुलकर जीने भी नहीं देते हो। प्रभात को प्रिया की बातें कांटे की तरह चुभ गई। उसने हाथ उठा दिया और एक तमाचा प्रिया को जड़ दिया। मर्यादा की एक और सीमा टूट गई। इसके बाद प्रिया की आँखों से अंगारे और आँसू एक साथ गिरने लगे। प्रभात को अपनी गलती का अहसास हुआ। उसने अपनी गलती को छिपाने की गरज से प्रिया को थामकर समझाने की कोशिश की पर प्रिया बारूद बन चुकी थी। प्रिया ने जैसे तैसे सूटकेस भरे और अपने बच्चे के साथ मायके चली गई।

मायके पहुँचने पर जब प्रिया के माता-पिता ने प्रिया से सारी बातें सुनी तो दोनों आगबबूला हो प्रभात को भलाबुरा कहने लगे। पिता वकील थे, कानून–कोर्ट के बारे में खूब जानते थे। कहने लगे–क्या समझता है प्रभात, मैं उसे जेल की हवा खिला दूँगा, उस पर पत्नी के प्रति अत्याचार का मुकदमा कर दूँगा। प्रिया की बहन प्रीति पिता से कुछ नहीं बोली पर माँ से कहने लगी–तुम लोग इस तरह नाराज मत होओ, ऐसे में दीदी को शह मिलेगी। यह नाजुक वक्त है, अभी परिस्थिति को समझकर दोनों पति-पत्नी को समझाने की जरूरत है। इस तरह नाराज होकर बेटी का पक्ष लोगी तो दीदी का घर टूट सकता है। इस पर माँ प्रीति पर ही नाराज होकर बोली–तो क्या करूं, कहूँ कि प्रभात ने जो किया बहुत अच्छा किया है ? तू चुप कर तू अभी छोटी है, नादान है। हमने बहुत दुनिया देखी है। पति द्वारा ऐसा बर्ताव, मारपीट करना क्या उचित है, तेरे पिता ने ऐसे बहुत केस लड़े हैं कितने लड़कों को सबक सिखाया है। प्रीति को लगा माँ को समझाना संभव नहीं है, माँ उसकी बात नहीं समझ पाएगी। प्रीति दीदी से अकेले में बात करने लगी, सारी कहानी जान कर उसने प्रभात से बात की। प्रभात प्रीति से फोन पर बात करके सिसकने लगा। उसने भी अपनी बातें बताई और बोला, मुझसे गलती हुई है मैं मानता हूँ, मुझे हाथ नहीं उठाना चाहिए, इसके लिए मैं तुम्हारी दीदी से माफी माँग चुका हूँ। मैंने उससे बहुत मिन्नतें की हैं कि घर छोड़कर मत जाओ, आपस की बातें मिल-बैठकर ठीक कर लेते हैं पर तुम्हारी दीदी नहीं मानी। प्रभात ने प्रीति से आग्रह किया कि किसी तरह दीदी को मनाकर वापस

भेज दें। प्रभात ने वादा किया कि आगे वह कभी ऐसा नहीं करेगा। प्रीति सोच रही थी कि दीदी और जीजाजी दोनों अच्छे हैं पर एक दूसरे के लिए थोड़ा प्यार दिखाते हुए अपनी आदतों को थोड़ा-थोड़ा बदलने की कोशिश करते तो यह दिन देखना नहीं पड़ता। प्रीति दीदी को समझाने की कोशिश करने लगी, बोली दीदी तुम जीजाजी को समझने की कोशिश करो, वे एक अच्छे इंसान हैं। पति-पत्नी दोनों का स्वभाव, दोनों की आदतें एक समान नहीं होती, कुछ तो अपनी-अपनी आदतें एक दूसरे के लिए बदलनी पड़ती हैं, फिर पति-पत्नी के लिए प्यार ही सर्वोपरि होता है, दीदी तुम्हें समझना पड़ेगा, नहीं तो घर टूट जाएगा। प्रिया प्रीति से बोली, तुम हमेशा जीजाजी का ही पक्ष लेती हो, उन्हें कुछ नहीं कहती। प्रीति प्रिया से ये भी बोली तुम्हें अपनी समस्याओं को पति-पत्नी तक ही रखकर सुलझाना चाहिए। मम्मी-पापा तक बात लाना ठीक नहीं है। प्रिया इस पर थोड़ी तुनककर बोली-तुम क्या कह रही हो, मुझे समझ नहीं आ रहा है। अपनी समस्याओं एवं परिस्थितियों को मम्मी-पापा को नहीं बताएँगी तो किसे बताएँगी। प्रीति को लगता था मम्मी-पापा दीदी का एकतरफा पक्ष लेकर समस्या को बढ़ावा देंगे, इसका परिणाम बुरा भी हो सकता है। प्रीति घर में कोशिश करती रही-कभी मम्मी-पापा को समझाती, टोकती तो कभी दीदी को ताकि बात यहीं पर खत्म हो जाय। चार-पाँच दिनों में माहौल थोड़ा हल्का हुआ। प्रीति ने दीदी को समझा-बुझाकर वापस उसके घर भेजा।

प्रिया के मन में सोच आई थी कि इस बार ठीक से रहेगी। प्रभात की इच्छाओं के अनुरूप ही कोई कार्य करेगी। कोई भी ऐसा काम नहीं करेगी कि घर में झगड़े का माहौल बने। पत्नी को वापस पाकर प्रभात भी मन ही मन खुश हुआ और मन में प्रण किया कि वो भी ठीक से रहेगा, कोई ऐसी बात नहीं करेगा कि झगड़े की संभावना हो।

प्रभात और प्रिया की जिंदगी की गाड़ी फिर से आगे बढ़ने लगी, परंतु इसमें प्यार कम और समझौता ज्यादा था। एक छत के नीचे रहते अवश्य थे, पर अपनापन का अभाव था। घर के सारे काम-काज होते थे पर घर में प्यार का अभाव था। दोनों बस संभल-संभल कर जिंदगी को आगे ले जाने की कोशिश कर रहे थे। इस बीच उनके घर दूसरा बच्चा भी आ चुका था। प्रभात अपना ज्यादा वक्त ऑफिस में देता, प्रिया अपना वक्त दोनों बच्चों में

तथा टी.वी. मैगजीन आदि में लगाती । जिंदगी में बोरियत थी, शुष्कता थी । प्रभात कभी-कभी कोई कीमती घर का सामान बिना प्रिया से चर्चा किए बाजार से खरीद लाता–शायद यह जताने के लिए कि वह प्रिया की जरूरतों का खयाल रखना चाहता हैं । प्रिया भी प्रभात द्वारा लाए सामान को बिना कोई प्रतिक्रिया व्यक्त किए घर में रख लेती । प्रभात का समय तो ऑफिस के काम में कट जाता जो उसके स्वभाव के अनुकूल था पर प्रिया को कभी-कभी लगता कि उसकी जिंदगी कैदखाने से कम नहीं है । प्रिया को अपनी सारी इच्छाओं और शौक को दबाकर कुचलकर जीना पड़ रहा था । प्रभात घर में आता, उसे घर में शांति तो मिलती पर उस शांति में शीतलता नहीं थी, आनंद नहीं था, कुछ अटपटा उसे भी लगता पर माहौल बहुत हद तक उसकी प्रकृति, उसके स्वभाव और उसकी आदतों से मेल खाता हुआ ही तो था ।

इस बीच प्रिया के कालेज का सहपाठी निर्मल की पोस्टिंग उसी शहर में हो गयी । निर्मल था तो शादीशुदा पर किसी घरेलू परिस्थितिवश अकेला ही उसे वहाँ रहना पड़ रहा था, पत्नी निर्मल के माता-पिता के साथ थी । निर्मल और प्रिया की पुरानी दोस्ती थी क्योंकि दोनों स्कूल एवं कालेज में साथ पढ़े थे । दोस्ती होती ही है समान स्वभाव के लोगों के बीच । निर्मल भी प्रिया की तरह शौकीन था । उसे भी घूमना फिरना, सिनेमा देखना, हँसी मजाक करना आदि पसंद था ।

निर्मल जानता था कि प्रिया इसी शहर में है । उस शहर में ऑफिस ज्वाइन करने के एक सप्ताह बाद वह प्रिया से मिलने उसके घर आया । मिलकर दोनों खुश हुए । पुराने दिनों की बातचीत, बीच बीच में हंसी–प्रिया को लगा बहुत दिनों बाद आज वो दिल खोलकर बातचीत कर रही है और हंस रही है । निर्मल बोला–आया हूँ तो तुम्हारे पति से मिलकर जाऊँगा । प्रिया कुछ नहीं बोली । प्रभात भी दफ्तर से आ गया । प्रिया ने निर्मल का परिचय कराया । प्रभात भी वहीं ड्राइंगरूम में बैठ गया । वैसे तो किसी गैर मर्द का या पुराने साथी का उसकी पत्नी से उसकी अनुपस्थिति में मिलना उसके स्वभाव के विपरीत बात थी, परंतु प्रभात ड्राइंगरूम में निर्मल को इज्जत देने की गरज से बैठा–शायद पत्नी को यह जताना चाहता था कि प्रभात पत्नी का भी दिल रखना चाहता है, पत्नी की इच्छा की परवाह है उसे । इसलिए प्रिया के दोस्त की भी वह इज्जत कर रहा था । निर्मल से बातचीत के दौरान

जब प्रभात को यह ज्ञात हुआ कि निर्मल की पोस्टिंग इसी शहर में हो गई है तो उसे झटका-सा लगा। सोचने लगा कहीं ये महानुभाव बराबर मेरे घर आने की आदत न डाल लें। निर्मल को प्रभात से मिलकर ज्यादा खुशी नहीं हुई। एक ही मुलाकात में निर्मल को लगा कि प्रभात थोड़ा संकीर्ण विचार का आदमी है और बोरिंग भी है।

हुआ वही जिसकी शंका प्रभात को थी। निर्मल अक्सर प्रिया से मिलने आने लगा। कोशिश करता कि जब प्रभात दफ्तर में होता तभी वो आकर प्रिया से मिलकर चला जाता। प्रिया को निर्मल से बातचीत करने में अच्छा लगता। वैसे तो प्रभात को निर्मल का आना हर बार पता नहीं चलता, परंतु कभी-कभी ड्राइंगरूम में चाय की खाली प्याली एवं नाश्ते का प्लेट देखकर प्रभात पूछता कि कौन आया था तो प्रिया सच बता देती कि निर्मल आया था। प्रिया सच बताती थी–शायद उसे पता था कि इस मामले में झूठ बोलने पर शक का वातावरण पैदा हो जाएगा और फिर वह सोचती कि पुराने दोस्त से मिलने, बातें करने में बुराई ही क्या है। परंतु निर्मल का आना प्रभात को अच्छा नहीं लगता। निर्मल से मिलकर प्रिया का मन बहल जाता, वह पहले की तुलना में कुछ ज्यादा खुश रहने लगी। परंतु प्रभात के मन में निर्मल खटकने लगा, वह घर में घुसता तो मन में शक लेकर घुसता कि कहीं उसकी गैरमौजूदगी में निर्मल न आया हो। घर में कोई बवाल खड़ा न हो, यह सोचकर प्रभात इस विषय में कुछ पूछता नहीं था पर मन में एक विद्रोह-सा होता–क्योंकि यह तो उसे भी अहसास हो रहा था कि प्रभात का प्रिया के साथ व्यवहार तो वैसा ही है जैसे पहले था, परंतु अब प्रिया अपने आप में खुश नजर आती। प्रिया का खुश होना, कोई भी ऐसा काम करना जो प्रिया को अच्छा लगे,–ये सब प्रभात को चुभने लगा। पहले से ही कच्चे धागे के बेहद कमजोर बंधान में बंधे प्रभात एवं प्रिया की जिदंगी में फिर से टूट जाने जैसी स्थिति पैदा होने लगी।

एक दिन किसी जरूरी कार्यवश प्रभात को दफ्तर से दिन में ही घर आना पड़ गया। घर पहुँचा तो देखा ताला बंद है–बेटी तो स्कूल गई होगी पर प्रिया बेटे के साथ कहाँ गई होगी, कुछ बताया भी नहीं। प्रभात ने मोबाइल पर फोन किया। पता चला प्रिया निर्मल के साथ मॉल में घूमने गई है। प्रभात को प्रिया की यह हरकत बिलकुल पसंद नहीं आई। प्रभात गुस्से में मन ही मन कांपने

लगा। वापस फिर दफ्तर चला गया, पर दफ्तर में भी मन नहीं लगा सो जल्दी घर आ गया।

एक भयानक शाम दोनों का इंतिजार कर रही थी। प्रभात घर आया, दोनों के बीच बहस छिड़ी, बहस ने भयंकर लड़ाई का रूप ले लिया। मर्यादा की सीमाएं टूट गई। एक बार फिर प्रिया अपने दोनों बच्चों के साथ मायके आ गई।

प्रिया की बहन प्रीति की शादी हो चुकी थी। प्रीति मायके में नहीं थी, इसलिए इस बार मायके में ऐसा कोई न था जो समझदारी से काम ले सके। प्रिया के माता-पिता प्रिया की हालत पर, बेटी का पक्ष लेकर आग-बबूला हो रहे थे। प्रिया के पिता ने ठान रखी थी कि वे अब कोर्ट का दरवाजा खटखटाएंगे। प्रिया के मम्मी-पापा प्रिया का पक्ष लेकर उसे सांत्वना देते कि तुम चिन्ता न करो, हम प्रभात को उसकी करनी के लिए मजा चखाएंगे। प्रिया को भी माता-पिता का निर्णय ही ठीक लगता। बात प्रीति तक पहुँच गई। प्रीति परेशान हो उठी, उसे डर था कि उसके मम्मी-पापा बिना प्रभात से बातचीत किए, बिना पूरी बात समझे एकतरफा निर्णय लेकर कोई ऐसा-वैसा कदम न उठा लें और दीदी का घर टूट जाये। प्रीति ने फोन पर ही दीदी से एवं जीजाजी से बातें की। परंतु कोर्ट एवं कानून के ज्ञाता उसके पिता कानून के अलावा दूसरी बात समझने को तैयार ही नहीं थे। बड़ी मुश्किल से प्रीति ने सबको इस बात के लिए राजी किया कि कोई भी कदम उठाने से पूर्व एक बार प्रभात एवं उसके माता पिता और प्रिया एवं उसके माता पिता मिलें, एक दूसरे की बात सुनें, बातचीत कर कोई रास्ता निकाल लें। कोर्ट जाने से तो घर टूट जाएगा, प्रभात और प्रिया के साथ-साथ उनके दोनों बच्चों की जिंदगी पर भी बुरा असर पड़ेगा।

प्रीति ने सबको मिलने के लिए राजी तो कर लिया पर उसे अपने माता-पिता पर इस मामले में कोई भरोसा नहीं था क्योंकि वह उनके तेवर देख रही थी। दीदी से भी बातें करती पर वह भी अपना घर बचाने की कोशिश नहीं कर रही थी। दीदी पर उसके मम्मी-पापा के विचारों का प्रभाव ज्यादा था। प्रीति को यदि विश्वास था तो प्रभात पर था। प्रीति दूर भले ही थी पर टेलिफोन के माध्यम से उसकी कोशिश जारी थी। प्रीति ने प्रभात से बातचीत की-प्रभात दुःखी था, वह अपना घर उजाड़ना नहीं चाहता था।

प्रीति को पता था कि प्रभात भले ही थोड़ा संकीर्ण विचार के हैं, अनुशासन और उसूल वाले हैं, पर उनमें समझदारी भी है , उन्हें पत्नी और बच्चों की जिंदगी की परवाह है, वे प्रिया और बच्चों से प्यार करते हैं, उनकी चिन्ता करते हैं । प्रीति को प्रभात पर ही भरोसा था, प्रीति ने प्रभात को समझाया–जीजाजी जब सब लोग मिलें तो आप समझदारी से काम लेकर, दीदी से बातें करके उसे घर ले जाइएगा । प्रभात ने प्रीति को आश्वासन दिया कि वे हर संभव प्रयास करेंगे प्रिया को वापस घर लाने के लिए । परंतु प्रीति को अहसास हो रहा था कि प्रिया पूरे मन से प्रभात के पास फिलहाल जाने के लिए मानसिक रूप से तैयार नहीं है । प्रीति को दीदी की सोच पर तरस आ रहा था, बोली दीदी जीजाजी अच्छे हैं, काश थोड़ा तुम उनके स्वभाव के अनुसार अपने को ढाल लेती तो सबकुछ ठीक हो जाता ।

प्रीति के प्रयास एवं दबाव पर तथा प्रभात की कोशिश पर प्रभात, प्रिया और दोनों के माता-पिता एक नियत तिथि पर मिले । बातचीत शुरू हुई और जल्दी ही झगड़े में परिवर्तित होने लगी । प्रिया के माता-पिता पर तो कोर्ट कानून का भूत सवार था, सो उनसे किसी समझदारी की आशा नहीं थी, वे प्रिया का पक्ष लेकर प्रभात को बुरा-भला कहने लगे–जैसे वे बीच बचाव करने या बेटी का घर बचाने नहीं दामाद को डाँट कर अपने मन की भड़ांस निकालने आए हैं । प्रभात के माता-पिता भी कोई ज्यादा समझदार नहीं निकले । उन्होंने भी प्रभात का पक्ष लेते हुए प्रिया में ही दोष निकालना शुरू कर दिया । माता-पिता अपने बच्चों के प्यार में कभी-कभी इतने अंधे हो जाते हैं कि उन्हें पता ही नहीं चलता कि गलत क्या है, सही क्या है, वे गलत को सही मान कर गलत कदम उठा लेते हैं । वक्त की मांग थी कि दोनों के माता-पिता एक होकर प्रभात एवं प्रिया को प्यार और विश्वास का पाठ पढ़ाते, अपने अपने बेटे या बेटी का पक्ष न लेते हुए उन दोनों को साथ रहने की सीख देते, उन्हें समझाते कि घर उजड़ने पर चार जिंदगियां बरबाद हो सकती हैं । परंतु यह सबकुछ हो न सका । दोनों के माता-पिता को अपने अपने बेटे एवं बेटी का पक्ष लेकर एक दूसरे से झगड़े करके अपने-अपने बेटे एवं बेटी के प्रति प्यार का इजहार करना ज्यादा बेहतर लगा । इस बेमेल मिलन में प्रिया लगभग तटस्थ ही रही, प्रिया के माता-पिता जरूरत से ज्यादा प्रभात के प्रति कठोर हो रहे थे, बेबुनियाद बातों पर प्रभात को डाँटने की कोशिश कर रहे

थे, परंतु प्रिया इसका विरोध नहीं कर रही थी, शायद वह बुरी तरह असमंजस में थी, या शायद उसे तसल्ली मिल रही थी कि प्रभात को उसके माता-पिता डाँट रहे हैं । प्रभात अपने उसूल और अनुशासन का पालन यहाँ भी करता गया । उसने सभ्य भाषा में प्रतिरोध दिखाने एवं अपनी बात बताने की कोशिश की । बात बिगड़ते देख प्रभात ने कोशिश की कि वह एक बार प्रिया से अकेले में बात करे पर माहौल इतना बिगड़ गया था कि यह संभव नहीं हो सका । प्रिया के माता-पिता ने स्पष्ट शब्दों में मना कर दिया कि प्रिया प्रभात से अकेले में बात नहीं करेगी । प्रिया ने भी अपनी ओर से कोई इच्छा इसके लिए जाहिर नहीं की । मीटिंग समाप्त हो गई । कोई निर्णय नहीं निकला बल्कि दिलों की कड़ुवाहट और ज्यादा, बहुत ज्यादा बढ़ गई ।

प्रिया के पिता तो जैसे कोर्ट मे केस दायर करने को उतावले से हो रहे थे । उन्होंने अपनी संपूर्ण वकालत विद्या का इस्तेमाल किया, कानून के नियम और दॉवपेच के अपने ज्ञान का इस्तेमाल कर कागजात तैयार करवाए जिसमें बेबुनियाद एवं झूठे तथ्यों का ठोस आधार तैयार किया गया ताकि कोर्ट के निर्णय में कोई संशय न रह जाय तथा जल्द से जल्द कोर्ट का फैसला हो । कागजात कोर्ट में पेश किए गए । जल्दी ही प्रभात को तलाक का कागज कोर्ट की तरफ से प्राप्त हुआ । तलाक के कागज देखकर प्रभात के पैर तले जमीन खिसक गई । उसने घबड़ाकर प्रीति को फोन लगाया । परंतु अब कोई और रास्ता बाकी नहीं था । कोर्ट की कार्यवाही शुरू हो गई । रिश्तों की डोर टूटने लगी । दिलों के बीच की दीवार ऊंची और ऊंची होने लगी । दिलों में कड़ुवाहट और गहराने लगी । आखिर कोर्ट ने तलाक का फैसला सुना दिया । रिश्ते टूट गए, घरौंदा उजड़ गया । प्रभात ने कोशिश की अपना घर बचाने की, परंतु प्रिया के पिता की चाल के सामने उसकी कोशिश कमजोर पड़ गई । तलाक के आदेश पर प्रभात की आँखों में आँसू छलक गए । अच्छा तो प्रिया को भी नहीं लगा-शायद आगे की जिंदगी की अनिश्चतता एवं अकेलेपन का अहसास अब उसके मन में उठने लगे थे । कोर्ट के फैसले पर प्रिया के पिता एवं माँ बहुत खुश हुए । उन्होंने प्रिया को बधाई देते हुए ढांढस दिलाई-बेटा तुम जिंदगी की नई शुरूआत करो । हम तुम्हारे साथ हैं।

सदियों से परिवार पद्धति की परंपरा हमारे समाज में कायम है । यह पद्धति शायद कुदरती है, इसलिए यह परंपरा सदियों से चली आ रही है और

सभी लोग इसी पद्धति के अनुसार जिंदगी की यात्रा पूरी करते हैं। इस पद्धति से परे यदि कोई जीने की कोशिश करता है तो उसे परेशानियों का सामना करना पड़ता है क्योंकि यह परिवार पद्धति एक मजबूत समीकरण के आधार पर कायम है जिसमें प्यार का आधार है, विश्वास का मजबूत बंधन है, रिश्तों की मधुरता है। कोर्ट और कानून की नजर में इन कुदरती, इन नाजुक बातों की कोई महत्ता नहीं होती है। कोर्ट का फैसला कुदरती नहीं होता, भौतिक होता है। कोर्ट के फैसले का आधार बहस और दाँवपेच होता है, कानून रिश्तों और भावनाओं को आधार नहीं बनाता है।

प्रिया के लिए एक नई जिदंगी की शुरूआत थी–एक ऐसी ज़िंदगी जो परिवार पद्धति से बिलकुल अलग थी, एक ऐसी जिंदगी जिसमें प्यार और रिश्तों की जगह नहीं थी। जिंदगी का आधार क्या हो जिंदगी जीने का लक्ष्य क्या हो–ये तथ्य पूर्णतः अपरिभाषित थे। जिंदगी में कोई लक्ष्य नहीं, कोई उल्लास नहीं, कोई मकसद नहीं, कोई मजबूत साथ नहीं। बच्चे छोटे थे, इसलिए कोर्ट ने बच्चों को प्रिया के साथ रहने का आदेश दिया।

प्रिया अपने दोनों बच्चों के साथ अपने माता-पिता के घर रहने लगी। कभी यही घर कितना अपना-सा होता था जब वह कुंवारी थी, पर आज ये घर अपना-सा नहीं लगता। पहले सहेली समान बहन प्रीति साथ में रहती थी। दोनों खुलकर बातें करती, घूमती फिरती, अपने दिलों की हर एक बात एक दूसरें को बताती। प्रिया को उस घर में प्रीति की कमी बहुत खलती थी। प्रिया का दूसरा बच्चा, उसका बेटा भी स्कूल जाने लायक हो गया। छोटे भाई की शादी भी हो गई थी, उसका भी एक बच्चा था। मायके में कहने को तो बहुत लोग थे पर धीर-धीरे प्रिया को लगने लगा कि वह और उसके बच्चे अकेले होते जा रहे हैं। अब तो हर जरूरतों के लिए माँ पर निर्भर रहना पड़ता था। माता-पिता जितने जोश से प्रिया को प्रभात से अलग कर दिए, तो प्रिया को लगा माँ-बाप का साथ सदा रहेगा। पर माँ-बाप के बर्ताव में परिवर्तन आने लगा। माँ बात-बात पर प्रिया को टोका-टोकी करने लगी। प्रिया किसी जरूरत के लिए पैसे मांगती तो माँ गंदा-सा मुंह बना लेती और काफी पूछताछ एवं छानबीन करने के बाद ही पैसे देती। प्रिया को लगने लगा कि उसके बच्चों का भविष्य अंधकारमय हो सकता है, तो उसने एक स्कूल में नौकरी कर ली। पापा को अपनी वकालत के काम से फुरसत नहीं थी–वे

भी प्रिया पर ध्यान नहीं देना चाहते थे । भाई और उसकी पत्नी को प्रिया का उस घर में रहना अखरता था । भाभी अक्सर प्रिया को ताना मारने से नहीं चूकती । सबसे ज्यादा एवं जल्दी प्रिया ने अपनी माँ को बदलते पाया । माँ हमेशा चाहती थी कि प्रिया घर का काम करती रहे । अब तो वह प्रिया से अक्सर बेरूखी से बोलती, कभी-कभी डाँट भी देती । दिन भर प्रिया को स्कूल में काम करना पड़ता, फिर घर आकर काम करना पड़ता । धीरे धीरे उसे लगने लगा कि वह तो अपने बच्चों को प्यार करने के लिए भी तरस जाती है । माँ और भाभी अक्सर उसके बच्चों को डाँट दिया करते । प्रिया की बेटी बड़ी थी, जब डाँट खाती तो रोते-रोते मम्मी से कहती—मम्मी चलो न अपने घर, मुझे पापा के पास जाना है । प्रिया बेटी को सीने से लगाकर सिर्फ आंसू बहाती । प्रिया जब पति के साथ थी तो प्रभात ऑफिस से आने के बाद बेटी को पढ़ाया करते । यहाँ तो प्रिया को अपने लिए ही समय नहीं मिलता था, तो बेटी को पढ़ाने के लिए वह कहाँ से समय निकाल पाती । उसके बच्चों का रिजल्ट भी बिगड़ने लगा । कभी-कभी प्रिया फूट-फूट कर रोती । उसे लगने लगा कि शायद तलाक लेकर उसने भारी भूल कर डाली है । प्रिया की जिंदगी उस किश्ती की तरह थी, जिसका कोई नाविक नहीं था, जिसके लिए कोई किनारा नहीं था, बेरहम हवा जिसे मनमाने ढंग से किसी भी दिशा में ले जा रही थी । प्रिया की हालत ऐसे पंक्षी की तरह थी जिसका घोंसला बेरहमी से उजाड़ दिया गया था और वह पंक्षी अपने मासूम बच्चे के साथ बेघरबार भटकने को मजबूर था ।

प्रिया को प्रभात का साथ याद आने लगा । प्रभात के साथ नोंकझोंक या झगड़े का मुख्य कारण प्रिया की फिजूल खर्ची थी । यही वजह मुख्यतः झगड़े की होती थी और झगड़े होने की वजह से ही तलाक की नौबत आ गई । आज प्रिया और उसके बच्चे जरूरी कपड़ों तक के लिए तरसने लगे हैं । प्रभात को फिजूल खर्च पसंद नहीं था पर जरूरी खर्च के लिए वह कभी मना नहीं करता था। अपने उसूल के मुताबिक उसने झगड़ों के दौरान किसी गलत शब्द अथवा गाली का इस्तेमाल नहीं किया था या प्रिया के परिवार वालों के प्रति आलोचनात्मक प्रतिक्रिया कभी नहीं जताता था । एक बार ही उसने प्रिया को थप्पड़ मारा था, तो तुरंत बाद माफी माँगने लगा था, प्रिया ही ऐंठन में उसे छोड़कर मायके चली गई थी । प्रिया की सास जब कभी प्रिया

के साथ बुरा व्यवहार करती या कोई दोषारोपण करती तो प्रभात पूरी बात समझकर सास की गलती होने पर प्रिया का पक्ष लेते हुए अपनी माँ को समझाने की कोशिश करता। प्रिया की बहन प्रीति हमेशा प्रिया को समझाने की कोशिश करती कि प्रभात दिल से एक अच्छे इंसान हैं, तब प्रिया को यह बात समझ में नहीं आती थी। पर अब ये सब सोचने का क्या फायदा। प्रिया की जिंदगी का कोई भी रास्ता अब प्रभात की ओर नहीं जाता था।

प्रिया का समय चिंता में गुजरने लगा। दोनों बच्चों के भविष्य के लिए वह चिंतित रहने लगी। परिवार वालों के बेरूखी भरे व्यवहार और पराए घर में अपने बच्चों की दुर्दशा के कारण अक्सर प्रिया रोती। प्रिया कभी-कभी अपनी बातें प्रीति से कहती, पर हिदायत देती कि किसी से कुछ न कहे नहीं तो दूसरी मुसीबत पैदा हो जाएगी। प्रिया को प्रीति कहती–दीदी मैंने तुम्हें कितनी बार कहा था कि जीजाजी अच्छे हैं, तुम समझदारी से काम लो नहीं तो तुम्हारा घर टूट जाएगा पर तुमने मेरी बात पर ध्यान नहीं दिया। प्रीति दीदी की बातें सुन दुःखी होती। एक बार प्रीति ने अपनी माँ से इस बात की चर्चा करनी चाही, तो माँ ने कहा कि गलती तो प्रिया की ही है, पति से उसकी बनी नहीं, ये तो कहो कि तुम्हारे पिता वकील हैं तो जल्दी तलाक दिलवा दिया नहीं तो प्रिया को प्रभात के साथ ही मुसीबतों में रहना पड़ता। प्रीति को माँ की इन बातों से बहुत दुःख हुआ। वह माँ को बोलना चाहती थी कि तुम तो माँ हो, एक औरत भी हो, तुम्हें तो दीदी को समझाना चाहिए था, तुम्हें तो परिवार और पति के महत्त्व को समझाना चाहिए था, परंतु तुमने उल्टे दीदी का पक्ष लेकर, उसे अलग हो जाने के लिए उकसाया। पर प्रीति माँ के स्वभाव से परिचित थी, जानती थी कि माँ इन बारीक एवं भावनात्मक बातों को न तो समझेगी, न ही स्वीकार करेगी। प्रीति ने जब माँ की बातें दीदी को बताई तो प्रिया फूट-फूट कर खूब रोई।

कानपुर स्टेशन के प्लेटफार्म नं- 2 पर प्रिया अपने दोनों बच्चों के साथ एक बेंच पर बैठी किसी ट्रेन के आने का इंतिजार कर रही थी। तभी अचानक प्रिया की बेटी दौड़कर प्रिया से दूर भागने लगी। प्रिया भौंचक्की होकर कुछ बोलना ही चाहती थी कि देखा थोड़ी दूरी पर प्रभात जैसा कोई व्यक्ति है। प्रभात का चेहरा प्रिया की ओर नहीं था सो प्रभात प्रिया को नहीं देख रहा था। प्रिया की बेटी दौड़कर प्रभात का हाथ पकड़कर बोली–पापा। प्रभात

मुड़ा, बेटी को देखा, तुरंत उसे गोद में उठा लिया। तब तक उसकी नजर प्रिया और बेटे पर पड़ी। पहले तो दोनों सकपकाने लगे, नजरें चुराने लगे। प्रिया ने तो लगभग नजरें प्रभात से परे फेर ली। तभी अचानक प्रिया ने प्रभात को अपने करीब, अपने सामने खड़ा पाया। प्रभात बोला प्रिया क्या मैं तुमसे थोड़ी देर के लिए बात कर सकता हूँ, तुम जहाँ भी जा रही हो, क्या तुम थोड़ा रूक सकती हो, अगली ट्रेन से चली जाना। प्रिया ने बिना कुछ बोले सिर हिलाकर हामी भरी। प्रिया का दिल जोर-जोर से धड़क रहा था। प्रभात बोला तुम लोग यहीं रूकना मैं अभी आता हूँ।

प्रभात ने रिटायरिंग रूम का एक कमरा बुक करवाया। प्रिया और बच्चों के साथ रिटायरिंग रूम में आया। रूम में घुसते ही प्रिया अपने आप को रोक नहीं सकी–शायद अकेले जिंदगी जीते-जीते वह थक चुकी थी, उसकी हिम्मत अब जवाब दे रही थी। प्रिया प्रभात का हाथ पकड़ फूट-फूट कर रोने लगी। प्रभात की आँखें भी नम होने लगी। प्रभात प्रिया को संभालने की कोशिश करने लगा। प्रिया जब थोड़ी शांत हुई तो प्रभात बोला।

प्रभात–तुम तो बहुत फैशनेबल हुआ करती थी, आज बहुत साधारण लिबास में हो।

प्रिया–तुमने साथ जो छोड़ दिया।

प्रभात–मेरा विश्वास करो प्रिया मैंने तुमसे मिलने, तुमसे बात करने की बहुत कोशिश की ताकि तुम्हें समझाकर घर ले आऊँ। मैंने ठान लिया था कि अब तुम आ जाओगी तो मैं घर में कोई झगड़ा नहीं होने दूंगा। पर मुझे तुमसे मिलने तो क्या बात तक नहीं करने दिया गया।

प्रिया–सब की जिम्मेदार मैं हूँ।

प्रभात–पर मैंने ही तुम्हें गलती करने के लिए उकसाया।

प्रिया–मुझे अपने घर जाना है, मुझे मेरा घर चाहिए।

प्रभात–तुम्हारा घर आज भी तुम्हारा इंतिजार कर रहा है।

प्रिया–कैसा है मेरा घर।

प्रभात–जिस घर की देवी ही रूठ कर चली गयी हो, वो घर कैसा रह सकता है–एकदम वीराना, सूना-सूना।

प्रिया–घर की देवी ! मैं तो उस घर के लायक ही नहीं बन पाई।

प्रभात–पर मेरे घर की देवी तो तुम ही हो। सिर्फ तुम।

प्रिया–तुम्हें तो रोमांटिक बातें करना नहीं आता था। आज तो फटाफट बोल रहे हो।

प्रभात–यह बताओ कि तुम्हें अच्छा लग रहा है या बनावटी।

प्रिया–बहुत अच्छा लग रहा है। (प्रिया भावुक होकर फिर रोती हुई बोली) अब तुम मेरा साथ कभी नहीं छोड़ना।

प्रभात–(प्रिया को अपने बहुत करीब लाते हुए) नहीं कभी नहीं छोड़ूँगा।

प्रभात की बाहों में समाए प्रिया बातें करते–करते रह रह कर रो पड़ती। प्रिया को आज रोने में एक अजीब शांति का अनुभव हो रहा था। लगता था मस्तिष्क से कोई बड़ा–सा बोझ हट गया हो। प्रिया अपने को बहुत हल्का महसूस कर रही थी। दो बिछड़े पंक्षी घरौंदे में वापस आ गए थे–इस बार अपने साथ लाए थे भरपूर प्यार। घरौंदा फिर से बस गया।

□□

अंकुर

रवि और रेखा की शादी के दस साल हो गए पर उन्हें कोई संतान नहीं हुई। दाम्पत्य जीवन की पूर्णता संतान प्राप्ति में है। यह प्रकृति का नियम है। शादी के पवित्र बंधन में बँधकर जब स्त्री-पुरूष प्यार भरी जिंदगी की शुरूआत करते हैं तो प्रकृति उन्हें संतान का प्रसाद प्रदान करती है। संतान की प्राप्ति न सिर्फ जिंदगी में खुशियाँ लाती है बल्कि दाम्पत्य जिंदगी को एक मकसद प्रदान करती है। रवि और रेखा ने भी बड़े प्यार से जिंदगी की शुरूआत की, खुशनुमा जिंदगी के सपने संजोए और योजनाएं बनाई। पर सारे सपने जैसे चूर-चूर होने लगे। जिंदगी में वीरानापन छाने लगा। रेखा की संतान प्राप्ति की आशा धीरे-धीरे चूर-चूर होने लगी। रेखा अक्सर परेशानी में घंटों रोती। रवि का समय ऑफिस में किसी तरह कटता, पर घर आकर रेखा को दुःखी देख परेशान होते। अपना कहलाने वाले रिश्ते-संबंधी उनके दुःखों को और बढ़ावा देते। मुंह पर सहानुभूति और पीठ पीछे कोई रेखा को बाँझ कहता तो कोई मजाक उड़ाता। स्त्रियों में वात्सल्य-प्रेम प्रकृति प्रदत्त होता है। माँ के आँचल की विशालता का कारण उसका अपने बच्चों के प्रति प्यार होता है। रेखा को भी कोई नन्हा-सा अपना-सा चाहिए जिस पर वह अपने आँचल का प्यार उड़ेल सके। रेखा रवि से कई बार आग्रह करती है कि अनाथालय से कोई बच्चा गोद ले लें। रवि अपने मन को इस प्रस्ताव के लिए तैयार नहीं कर पाते। रवि सोचते कि अनाथ बच्चे की वैधता पर प्रश्नचिन्ह लगा होता है। ऐसे बच्चे पता नहीं किस संस्कार की पैदाइश होंगे और बड़े होकर पता नहीं कैसे निकलेंगे।

रवि को एक दिन जरूरी कार्यवश बाहर जाना पड़ता है। काम पूरा करके शाम की ट्रेन से वापस अपने घर लौट रहे हैं। खिड़की से सटे सीट पर बैठे शून्य आकाश, खेत खलिहान जंगल पहाड़ आदि को निहार रहे हैं।

ट्रेन तेज गति से दौड़ी जा रही है । रवि का दु:खी मन भाव शून्य-सा हो गया है । लगता है जिंदगी के अब कोई मायने नहीं है ।

एक गरीब बच्चा चिथड़ों में लिपटा गाड़ी की फर्श साफ करता है । फिर सभी से हाथ फैलाकर पैसा माँगता है । कोई उसे पैसा देता है तो कोई बड़ी बेरूखी से मुँह उल्टे फेर लेता है ।

रवि की न जाने कब आँख लग जाती है । फिर अचानक उसे लगता है कि कोई उसे जगा रहा है । वह झटके से उठता है तो देखता है कि वही बच्चा उसे जगा रहा है और बोलता है साहबजी, गाड़ी अब आगे नहीं जायेगी, आप जग जाइए नहीं तो कोई आपका पॉकेट काट ले जाएगा । रवि ने देखा सभी यात्री जा चुके थे और उसका शहर भी आ चुका था । रवि को ऐसे किसी बच्चे का उसे जगाना बड़ा अप्रत्याशित-सा लगा । प्राय: लोग यही जानते हैं कि इस तरह के बच्चे अक्सर चोर-उचक्के होते हैं । रवि ने उस बच्चे को निहारा । उसकी आँखों में एक चमक थी और चेहरे पर मासूमियत । रवि को लगा जैसे उसे बच्चे पर प्यार-सा आने लगा । उसने उससे पूछ ही डाला बेटा तुम कहाँ रहते हो, पढ़ते-लिखते क्यों नहीं, रेल के डिब्बे की सफाई का काम क्यों करते हो । बच्चा बोल पड़ा–साहब जी, मुझे कौन पढ़ायेगा, मैं तो बहुत गरीब हूँ । रवि ने पूछा–तुम्हारे घर में कौन-कौन हैं ? तुम्हारे माता-पिता क्या करते हैं ? बच्चा बोला–मेरे माता-पिता मर चुके हैं । घर में दादी है जो बीमार है ।

रवि को लगा कि उसके मानसिक तनाव को थोड़ी राहत मिल रही है । शायद रवि को लगा कि इस दुनिया में दु:खी और भी हैं। पता नहीं बच्चे की मासूमियत का खिंचाव था या रवि के मस्तिष्क में वात्सल्य प्रेम की दबी हुई इच्छा, रवि ने कहा चलो मैं तुम्हारे घर तुम्हारी दादी को देखने चलता हूँ । रवि बच्चे के साथ चल पड़ा । स्टेशन से कोई डेढ़-दो किलोमीटर दूर एक गली में उसका घर था । दरवाजा सिर्फ सटा हुआ था, बच्चे के हल्के धक्के देने से खुल गया । अंदर एक कोने में एक तेल की बत्ती जल रही थी । एक खाट पर एक बूढ़ी बैठी थी । बोली–अब्दुल! आ गया बेटा । बहुत थक गया होगा । हाथ धो लो और खाना खा लो । इतना बोलते-बोलते ही जैसे बूढ़ी थक गई और हाँफने लगी । अब्दुल बोला यह मेरी दादी है । रवि ने देखा बूढ़ी बहुत कमजोर दिख रही थी । रवि ने अपने पॉकेट से सौ-सौ के दो नोट

निकाले और बच्चे को देकर बोला लो इससे अपनी दादी की दवा खरीदना। पहले बच्चा थोड़ा झिझका, फिर उसने पैसे रख लिए। रवि वापस जाने लगा तो बच्चा गली के नुक्कड़ तक रवि को छोड़ने आया और फिर खड़ा रवि को निहारता रहा।

कोई चार-पाँच दिनों बाद रवि अपने ऑफिस में बैठा काम कर रहा था। अचानक उसे लगा कि उसे कोई छू रहा है। देखा अब्दुल डरा सहमा-सा खड़ा था। उसकी आँखों में आँसू भरे थे। लड़खड़ाती आवाज में बोला साहब जी मेरी दादी बहुत बीमार है। रवि को लगा जैसे कोई अपना-सा बड़ी मुसीबत में है। वह अब्दुल के साथ चल दिया। अब्दुल के घर पहुँच कर देखा आसपास के लोग दरवाजे पर जमा थे। पता चला कि अब्दुल की दादी मर चुकी थी। अब्दुल दादी को पकड़ बिलख-बिलख कर रोने लगा। आस पास के लोग अंतिम क्रिया का प्रबंध करने लगे।

अगले दिन शाम रवि ऑफिस का काम खत्म कर घर के लिए निकला। पर जाने क्यों उसके कदम अब्दुल की गली की ओर बढ़ गये। पास पहुँचा तो देखा अब्दुल घर के दरवाजे के बाहर अकेला चुपचाप बैठा था। रवि के पास खड़े होने की आहट से बिलकुल बेखबर लगातार जमीन को देखे जा रहा था। रवि ने अपना हाथ अब्दुल के सिर पर रखकर पूछा तुमने आज खाना खाया कि नहीं। अब्दुल ने सिर उठाकर रवि की आँखों में देखा। रवि की ओर देखते ही अब्दुल की आँखें डबडबा गई। आँसू के बूंद गाल पर आ गिरे। अब्दुल बिना कोई जवाब दिये कातर नजरों से रवि को निहार रहा था।

रवि ने उसकी उंगली पकड़ी और उसे साथ लेकर घर की ओर चला। दोनों घर पहुँचे तो रेखा ने दरवाजा खोला। रेखा ने पूछा ये कौन है। रवि बोला ये अब्दुल है। फिर उसने अब्दुल को बाहर थोड़ी देर बैठने को कहा और खुद भीतर जाकर रेखा को अब्दुल के बारे में बताने लगा। रवि अब्दुल के बारे में बताता जा रहा था और रेखा की आँखों से आँसू बहते जा रहे थे। अब्दुल की कहानी समाप्त कर रवि ने रेखा से पूछा कि क्या तुम अब्दुल को अपने घर का चिराग बनाओगी। रेखा बिना कोई जवाब दिये उठ खड़ी हुई और अब्दुल के पास गई। प्यार से उसका सिर सहलाया और बाथरूम की ओर ले जाकर स्नान आदि कराया। फिर रेखा ने उसे खाना खाने को दिया। अब्दुल सकुचा रहा था, पर रवि के दबाव देने पर धीरे धीरे झेंपते हुए खाना

शुरू किया। रवि और रेखा दोनों उसे प्यार भरी निगाहों से निहार रहे थे। अचानक रेखा ने पूछा–बेटा तुम हमारे साथ हमारे घर में रहोगे। अब्दुल कुछ नहीं बोला, खाना छोड़कर सिर झुकाए जमीन पर देखता रहा। रवि बोला–बोलो अब्दुल। तो अब्दुल ने हाँ में सिर हिलाया। रेखा बोली–पर तुम्हें हम दोनों को मम्मी-पापा पुकारना होगा। अब्दुल शांत था। थोड़ी देर में रेखा ने कहा–और तुम्हें हम अंकुर बुलाएंगे। अब्दुल खाते-खाते सिर उठाकर रवि और रेखा को देखने लगा। रवि ने तब दबाव देकर फिर पूछा–बेटा ! बोलो मंजूर है ना। अब्दुल ने फिर सिर हिलाकर हामी भरी। रेखा अब्दुल को एक कमरे में ले गई और सुला दिया। कुछ ही देर में अब्दुल गहरी नींद सो गया। फिर रेखा रवि के पास गई उसका हाथ पकड़ अपना सिर रवि के कंधे पर टिका दिया। रेखा मूक शब्दों में रवि को धन्यवाद दे रही थी कि उसने एक अनमोल उपहार लाकर दिया है। दोनों बाहों में बाहें डाले उठे और अब्दुल के कमरे के दरवाजे पर खड़े होकर उसके मासूम चेहरे को निहारने लगे।

□□

जी साब जी

जी साब जी–इसे हम तकियाकलाम कहें या मोहन की कार्यशैली का मूलमंत्र, उसकी जुबाँ ऐसे या इसी तरह के अदब से सराबोर शब्दों से भरे होते हैं जब वह अपनी ड्यूटी पर होता है। मोहन रेल विभाग में चतुर्थ श्रेणी का कर्मचारी है और एसी अटेन्डेन्ट का कार्य करता है। निम्न वेतनभोगी चतुर्थ श्रेणी का कर्मचारी होते हुए भी उसके विचार बहुत ही परिष्कृत हैं। अपने काम को पूजा समझ कर करता है। अपने अफसरों के साथ इज्जत एवं अदब भरे बर्ताव के कारण उसकी बड़ी पूछ होती है। शायद इसी कारण उसे राजधानी एक्सप्रेस में एसी अटेन्डेन्ट की ड्यूटी पर लगाया गया है।

मोहन अपने स्वभाववस लोगों की मदद करता है। गाड़ी के प्लेटफार्म पर लगते ही लोगों को सामान उतारने-चढ़ाने में मदद करना, बूढ़े लोगों को चढ़ने-उतरने में सहारा देना तो उसकी आदत बन गई है।

अक्सर बहुत से ऐसे यात्री होते हैं जो बराबर उसी ट्रेन से यात्रा करते होते हैं। ऐसे कई यात्रियों से मोहन की पहचान हो गई है। ऐसे यात्री जब अपनी यात्रा में मोहन को ड्यूटी पर पाते हैं तो उन्हें खुशी का अहसास होता है और वे बरबस पूछते हैं–अरे मोहन आज आप ड्यूटी पर हो। मोहन बड़े अदब के साथ जवाब देता है–जी साब जी।

एक दिन की घटना है। एक 52-53 वर्ष का व्यक्ति राजधानी के एसी (द्वितीय) कोच में चढ़ा। रिजर्वेशन चार्ट में उनका नाम था आर-सी- सिंह। सिंह साहब को छोड़ने दो-तीन व्यक्ति भी आये थे जो उनके परिचर लग रहे थे। शायद सिंह साहब ऊँचे ओहदे के अधिकारी थे। गाड़ी में भीड़ थी सो कई यात्री सामान के साथ गाड़ी में चढ़ रहे थे। सिंह साहब के चढ़ते ही मानो भूचाल आ गया। लगे चीखने झल्लाने–अरे भाई हटो सामने से, पता नहीं कितना सामान लेकर ट्रेन में चले आते हैं। उनके परिचर शायद उनके इस

स्वभाव से परिचित थे । इसलिए किसी तरह उन लोगों ने धीरे-धीरे आगे सरकते हुए 19 नं. की बर्थ वाली केबिन तक पहुँच गये । 19 नं. पर दो व्यक्ति पहले से ही बैठे थे । एक व्यक्ति ऊपर की बर्थ वाला था । दूसरा शायद उन्हें छोड़ने आया था । केबिन में घुसते सिंह साहब झुँझलाकर बोले–यह मेरा बर्थ है हटिए यहाँ से । एक व्यक्ति उठ गया पर ऊपर की बर्थ वाला खिड़की के पास ही बैठा रहा । सिंह साहब के परिचरों ने स्थिति को सँभाला । धीमी आवाज में अदब से ऊपर की बर्थ वाले यात्री से विनती की कि उनके साहब की तबियत थोड़ी खराब चल रही है, इसलिए उन्हें खिड़की के पास बैठने दें । ऊपरी बर्थ वाला यात्री खिड़की के पास से खिसक गया । परिचरों ने सिंह साहब को 19 नं. बर्थ पर खिड़की के पास बिठाया, सामान बर्थ के नीचे रखकर जाने लगे । जाने से पूर्व उन्होंने एक परिचर से बोला बेडरोल वाले को बुलाओ । उसने मोहन को बुलाया । मोहन अदब से बोला जी साब जी । मोहन को देखते ही सिंह साहब झुँझलाकर बोले–अभी तक बेडरोल नहीं लगाया । मोहन बोला–साब जी टी.टी. के जाँच कर लेने के बाद हम बेडरोल दिया करते हैं । सिंह साहब गुस्से से बोले–क्या हम तुम्हें बिना टिकट यात्री दिखते हैं जो टी.टी. की जाँच के बाद बेडरोल दोगे । मोहन बोला–साब जी मैं अभी आपका बेडरोल लगा देता हूँ । मोहन बेडरोल लेकर आया । बेडरोल देखते ही सिंह साहब फिर भड़क उठे–छि: कितना गंदा बेडरोल है, लगता है बिना साफ किया हुआ बेडरोल दे रहे हो । मोहन बोला–नहीं साब, मेरे साहब लोग जो बेडरोल दिलवाते हैं हम वही यात्री को देते हैं । पर मेरे हिसाब से बेडरोल साफ तो है साब जी । सिंह साहब का गुस्सा और भड़क गया । बोले–सब साले ऊपर से नीचे तक.....हैं । और तुम छोटा आदमी होकर मुझसे जुबान लड़ाता है । मोहन चुप रहा और बेडरोल लगा दिया । सिंह साहब के बगल में बैठा ऊपरी बर्थ का यात्री सामने वाले यात्री के बगल में बैठ गया । शायद सोच रहा था कि अपने सहयात्री के साथ किसी भी तरह की दखलअंदाजी खतरे को आमंत्रित करना है ।

गाड़ी पूरी रफ्तार से जा रही थी । रात के आठ बज रहे थे । मोहन 19 नं. की केबिन से गुजर रहा था तो देखा सिंह साहब की साँस जोर-जोर से चल रही है और वे बेचैन से नजर आ रहे हैं और झुककर अपनी बैग से कुछ ढूँढ़ निकालने का प्रयास कर रहे हैं । मोहन बोल पड़ा–साब जी कोई परेशानी

हो तो मैं मदद करूँ। सिंह साहब बोले–मेरा इनहेलर बैग के बाहर की किसी पॉकेट में है थोड़ा निकाल दो। मोहन ने बैग को सीट के नीचे से बाहर खींचा और इनहेलर खोजकर बाहर निकाला। सिंह साहब ने जैसे इनहेलर झपट–सा लिया और मुँह में डाला। मोहन ने देखा कि सिंह साहब के परेशान चेहरे पर राहत नजर आने लगी। मोहन ने पूछा साब जी कोई मदद की जरूरत हो तो बता देना। सिंह साहब ने इशारे से उसे रूकने को कहा और कुछ पल की राहत के बाद मुँह से इनहेलर निकाल कर बोले–थोड़ा गरम पानी ला देना, दवा खानी है। मोहन पानी लेने पेन्ट्री कार में गया। मोहन के गरम पानी माँगते ही कई पेन्ट्रीकार बेयरर एक साथ बोले–19 नं- वाले बुढ्ढे के लिए चाहिए तो नहीं मिलेगा पानी। लगता था कि कई बेयरर सिंह साहब के कोप के शिकार हो चुके थे। मोहन ने उन्हें समझा–बुझा कर गरम पानी लेकर सिंह साहब को दिया, और तब उन्होंने दवा खाई।

सिंह साहब की तबियत ज्यादा खराब हो गई थी। बिना रात का खाना खाये लेट गये। साँस चल रही थी और वे बेचैनी में करवटें बदलते रहे थे। मोहन ने आकर पूछा साहबजी कुछ मदद चाहिए। सिंह साहब ने उन्हें सहारा देने को कहा। मोहन उन्हें सहारा देकर बाथरूम तक ले गया।

मोहन ने देखा करीब आधी रात के बाद सिंह साहब को नींद आयी। सुबह हुई। सिंह साहब उठकर तैयार बैठे थे–शायद उन्हें अगले स्टेशन पर उतरना था। मोहन ने पूछा साबजी कैसी तबियत है–कोई और मदद करूँ।

सिंह साहब ने मोहन को नजदीक बुलाया और कहने लगे–कल रात तुमने मेरी जो मदद की है मैं तुम्हें कभी भुला नहीं पाऊँगा।

मोहन बोल पड़ा–साब जी मैं तो छोटा आदमी हूँ पर एक विनती करना चाहता हूँ–आप मुझे याद रखें या न रखें पर इतना अवश्य याद रखें कि मीठी बोली बोलने और लोगों के साथ अपनापन का व्यवहार करने में कोई नुकसान नहीं होता।

सिंह साहब बिना कुछ बोले मोहन को देख रहे थे। उनके चेहरे पर पश्चात्ताप एवं कृतज्ञता के भाव स्पष्ट दिख रहे थे।

□□

शिक्षा

करीब दो माह हो गए मुझे रिटायर हुए। रिटायर होने के बाद मैं इलाहाबाद में आशियाना कांप्लेक्स में एक फ्लैट लेकर उसी में रह रहा हूँ। रिटायर होने के बाद की जिंदगी की अनुभूति बड़ी अजीब है। लगता है मस्तिष्क का मानसपटल खाली हो गया है। इसी खाली मस्तिष्क में अतीत के बीते क्षण, उनसे जुड़ी खट्टी मीठी यादें, उनकी विवेचना आदि तरंगों की तरह उठती रहती हैं। उन सक्रिय दिनों के पल जैसे पंख लगाकर उड़ते जाते हैं और हम बस भागते रहते हैं जिंदगी के साथ जिदंगी के पीछे पीछे। कभी ये काम कभी वो काम, कभी बच्चों की पढ़ाई, कभी उनकी परीक्षा, कभी नौकरी, कभी उनकी शादी, कभी ऑफिस के काम में उलझनें..........। इस भागदौड़ में वैसे तो खुशियों के अपार पल भी आते रहे परन्तु बहुत बार मन चाहता कि कब सभी जिम्मेदारियाँ खत्म होंगी, कब चैन के पल आएंगे जब कोई काम बाकी नहीं रहेगा। पर आज जब मैं रिटायर हूँ तो सक्रियता भरे उस जीवन के बारे में कुछ और ही विचार मन मे आने लगे हैं–कम से कम उन पलों में एक मकसद था, जिंदगी एक लक्ष्य के पीछे कुछ पाने के लिए बढ़ती जा रही थी। आज तो जैसे जिंदगी ठहर-सी गई है। कभी मेरे पास वक्त नहीं होता था। आज मेरे पास वक्त ही वक्त है परन्तु मेरे लिए दूसरों के पास वक्त नहीं है। सभी जिम्मेदारियाँ पूरी हो गई हैं। बच्चे पढ़-लिखकर अच्छी नौकरियों में हैं–सबका अपना-अपना परिवार है–सब अच्छे हैं, हमें मान देते हैं, अक्सर फोन पर संपर्क में रहते हैं। परन्तु एक अहसास मन में हमेशा आता है कि अब हमारे बच्चे हमसे दूर होते जा रहे हैं–वे अपनी दुनिया, अपने घरौंदे, अपनी जिंदगी की ओर ज्यादा से ज्यादा रमने लगे हैं।

अपने फ्लैट की बालकनी में बैठा मैं कुछ ऐसे ही विचारों के सागर में गोते लगा रहा था कि अचानक टेलीफोन की घंटी बजी–सोसाइटी के

सिक्योरिटी गार्ड ने बताया कि कुछ पुलिस वाले मुझे ढूँढ़ रहे हैं और मेरे फ्लैट की ओर आ रहे हैं । पुलिसवाले ! नाम सुनते ही मन आशंका से भर गया और घबराने लगा कि मुझे पुलिस क्यों ढूँढ़ने आ रही है ? तभी कालबेल बज उठी । मेरी पत्नी ने दरवाजा खोला । कुछ पुलिस वाले खड़े थे । मेरी पत्नी घबड़ाकर मेरे पास आई और बोली–कुछ पुलिस वाले आए हैं, तुम्हारा नाम ले रहे हैं, बुला रहे हैं । बहुत डरते, घबड़ाते भारी कदमों से मैं दरवाजे तक पहुँचा । देखा एक नौजवान पुलिस वर्दी में खड़ा था, बाकी और तीन–चार पुलिसवाले भी साथ खड़े थे । उस पुलिसवाले को देखते ही मैं जैसे अतीत में दूर–बहुत दूर चला गया ।

बचपन से ही मैं पढ़ने लिखने में बहुत होशियार था, अग्रेजी में मुझे विशेष रूचि थी । मैं महत्त्वाकांक्षी भी था । मैं एक बहुत ही साधारण निम्न आय वाले परिवार से था। अतः बचपन से ही लालसा थी कि पढ-़लिखकर बड़ा आदमी बनूंगा । मुझे याद है–मैं दसवीं की तैयारी कर रहा था–कंपीटिशन सक्सैस रिव्यू पत्रिका में सिविल सर्विस परीक्षा के टॉपर का फोटो एवं इन्टरव्यू छपा था । मेरे पिता बताने लगे कि जो सिविल सर्विस परीक्षाओं में पास कर आई.ए.एस. एवं आई.पी.एस. ऑफिसर बनते हैं, वे अत्यन्त पावरफुल पदों पर कार्य करते हैं । वस्तुतः पूरे देश को यही लोग चलाते हैं । सिविल सर्विस परीक्षा अत्यन्त कठिन परीक्षा है, इसे पास करना अत्यन्त गौरव की बात है । पिताजी की इन बातों का मुझ पर गहरा असर पड़ा था । मैं भी सिविल सर्विस परीक्षा पास करना चाहता था । खूब दिल लगाकर पढ़ता था, अँग्रेजी एवं सामान्य ज्ञान में विशेष रूचि लेता था ।

इंसान सोचता कुछ है परन्तु होता वही है जो तकदीर में लिखा होता है । जिस वर्ष में ग्रेजुएशन की परीक्षा की तैयारी कर रहा था, मेरे पिताजी का देहान्त हो गया । घर की आर्थिक हालत पहले से ही कुछ खास मजबूत नहीं थी, पिताजी के देहान्त के पश्चात् हालत और खराब हो गई और अब पूरे परिवार की जिम्मेदारी मुझ पर आ गई । मुझे जल्दी नौकरी करने की आवश्यकता थी । मैंने रेलवे के यातायात विभाग में स्टेशन मास्टर की नौकरी कर ली । सोचा फिलहाल यह नौकरी कर लेता हूँ–फिर साथ–साथ सिविल सर्विस की तैयारी भी करता रहूँगा ।

मेरी पोस्टिंग अभयपुर नाम के बहुत छोटे स्टेशन पर की गई । छोटे

स्टेशन में बहुत कम कर्मचारी होते हैं । अभयपुर स्टेशन पर रामलाल प्वाइंट्समैन (काँटा वाला) के पद पर चतुर्थ श्रेणी का कर्मचारी था । स्टेशन के पास ही उसका घर था । अभयपुर छोटा स्टेशन था । अतः यहाँ सिर्फ पैसेंजर ट्रेन ही रूकती हैं, एक्सप्रेस ट्रेन नहीं रूकती । छोटे स्टेशनों पर ट्रेन के आने-जाने के बाद बहुत खाली समय रहता है । इंसान एक सामाजिक प्राणी है । इंसान को इंसान की जरूरत पड़ती है-बातें करने के लिए, अपनी भावनाओं का आदान-प्रदान करने के लिए । रामलाल लगभग अनपढ़ व्यक्ति था । किसी तरह शब्दों एवं अंकों को पढ़कर समझ भर लेता था । इस छोटे से स्टेशन पर मेरे लिए तो बस रामलाल ही था जिसके साथ खाली समय में मैं बातचीत कर सकता था ।

रामलाल का एक छोटा पुत्र था जो पाँचवी कक्षा में पढ़ता था । मैंने रामलाल से पूछा अपने बेटे को ठीक से पढ़ाई-लिखाई कराते हो या नहीं । रामलाल ने कहा-उसका बेटा कमल बहुत नटखट है, हमेशा धमाचौकड़ी करता है, फिर इतनी छोटी जगह में कोई ढंग का पढ़ाने वाला कहाँ मिलता है । गाँव की सरकारी पाठशाला में जाता है, परन्तु वहाँ टीचर की भारी कमी है, जो हैं वे भी ठीक से पढ़ाते-लिखाते नहीं हैं । मैंने सोचा इस स्टेशन में काफी खाली समय मिलता है, रामलाल के बेटे को मैं ही थोड़ी देर पढ़ा दूँगा तो समय का सदुपयोग हो जाएगा । कमल मेरे पास आने लगा । शुरू-शुरू में आनाकानी करता था, परन्तु वह बहुत तेज दिमाग का था। मेरे पढ़ाने में उसे मन लगने लगा । उसे पढ़ने में रूचि आने लगी । पढ़ने में इतना होशियार था कि मुझे लगने लगा कि इसे अच्छी तरह पढ़ाया-लिखाया जाय तो वह काफी आगे जा सकता है ।

मेरे मन में भी सिविल सर्विस की परीक्षा की धुन सवार थी, परन्तु चाह कर भी अभयपुर में वैसी तैयारी नहीं हो पा रही थी, जितनी जरूरत थी परीक्षा पास करने के लिए । फिर साथ में नौकरी करना, अक्सर घर जाना परिवार की देखभाल के लिए । मैंने परीक्षा तो दी पर तैयारी पूरी तरह नहीं हो पाई और मैं सफल नहीं हो सका । आज तक मुझे इस बात का अफसोस है कि भाग्य ने मेरा साथ नहीं दिया । इसी कारण मैं सिविल सर्विस परीक्षा पास नहीं कर सका ।

मुझसे पढ़ाई करते-करते कमल ने दसवीं कक्षा 96 प्रतिशत नम्बर के

साथ पास किया। मुझे याद है रिजल्ट निकलने वाले दिन वह बहुत खुश और उत्तेजित था। मुझसे पूछने लगा–चाचाजी, कौन सी नौकरी सबसे अच्छी होती है? मुझे लगा मैं कमल में अपना प्रतिबिंब देख रहा हूँ। मैंने उसे सिविल सेवा परीक्षा के बारे में बताया। वह बड़े ध्यान से मेरी बातें सुन रहा था। मैंने समझाया कि सिविल सर्विस की परीक्षा बहुत कठिन होती है पर इसे पास करने वाले लोग बड़े ऑफिसर बन जाते हैं–खूब पावर होता है, बड़े-बड़े कार्य करते हैं।

कुछ समय बाद मेरा तबादला जमालपुर हो गया। जमालपुर अभयपुर से करीब चार पाँच स्टेशन दूर था। कमल कभी-कभी जमालपुर मुझसे मिलने और पढ़ाई के मामले में मुझसे चर्चा करने आया करता था।

मेरा परिवार इलाहाबाद के पास रहता था। मैंने कोशिश करके अपना तबादला उधर के नजदीक के स्टेशन पर करा लिया। इसके बाद कमल एवं उसके पिता रामलाल से मेरा संपर्क टूट गया।

आज मेरे सामने पुलिस वर्दी में कमल खड़ा था। मैं अचानक उसे देखकर अचंभित रह गया था। कमल ने मुस्कुराते हुए कहा–चाचाजी मुझे नहीं पहचाना–मैं कमल हूँ। कभी-कभी आश्चर्य भरी खुशी ऐसी होती है कि शब्द नहीं मिलता इसे इजहार करने के लिए। मैं बस इतना ही बोल पाया–कमल तुम इतने दिनों बाद! यहाँ कैसे?

कमल बाकी पुलिस के जवानों को बाहर रूकने को कहकर अंदर आया। उसने मेरे तथा मेरी पत्नी के पैर छुए। मेरी पत्नी भी भौचक्की-सी थी। कमल बोलने लगा–चाचीजी से मैं पहली बार मिल रहा हूँ। कमल बोला–चाचाजी मैं इलाहाबाद में सीनियर एस.पी. हूँ। मुझे कल पता चला कि आप यहाँ हैं तो मिलने आ गया। चाचाजी यह वर्दी आप की है। कमल की इन बातों से मेरी आँखें छलछला गई। मुझे लगा जैसे सिविल सर्विस की परीक्षा पास करने की मेरी इच्छा पूरी हो गई है। कमल फिर मेरी पत्नी की ओर देख कर बोला–चाचीजी, आज जो भी मैं हूँ, चाचाजी की बदौलत हूँ। चाचाजी ने न सिर्फ मुझे पढ़ाया-लिखाया, बल्कि ऊँचाई छू लेने का रास्ता भी बताया। मुझे मन ही मन खुशी हो रही थी कि एक नन्हा पौधा एक विशाल खूबसूरत पेड़ बन चुका है।।

कमल बोला–चाचाजी, एक एन.जी.ओ. है जो अति गरीब बच्चों को

मुफ्त पढ़ाती है । आप चाहें तो वहाँ बच्चों को मुफ्त पढ़ा सकते हैं । बच्चों के लिए यह बड़ा सौभाग्य होगा । आप का मन भी लग जाएगा और मानदेय की राशि भी आप को प्राप्त होगी ।

मुझे कमल का प्रस्ताव अच्छा लगा । रिटायर होने के बाद मुझे फिर जिंदगी जीने का एक मकसद प्राप्त हो गया था ।

□□

रेल का डिब्बा एक छोटा भारत

भारतीय रेल का डिब्बा एक छोटा भारत होता है । हमारा देश विभिन्नताओं का देश है । विभिन्न जाति, धर्म, भाषा, रीति-रिवाजों एवं विचारों के लोग यहाँ रहते हैं । काश ! इस देश के हर लोग यह मान लेते कि हम विविधताओं वाले देश में रहते हैं, तो देश को साम्प्रदायिक भावनाओं से होने वाले नुकसान से बचाया जा सकता है । यह मान लेना कि हम विविधताओं वाले देश में रहते हैं–एक बड़ी बात है क्योंकि इसके लिए सहनशीलता एवं मानवीय मूल्यों की जरूरत होती है । फिर अच्छी परिस्थितियाँ जन्म लेती हैं जिससे सामाजिक समस्याओं का समाधान निकलता है ।

दिल्ली-अहमदाबाद राजधानी एक्सप्रेस दिल्ली से प्रस्थान कर चुकी थी । चाय की चुस्की के साथ यात्री देश-विदेश की चर्चा कर रहे थे । एसी-2 के एक केबिन में चर्चा के दौरान श्री शिव प्रसाद जी बोले–हमारे देश ने हर क्षेत्र में प्रगति की है, पर अभी भी दकियानूसी परम्पराएं समाज में जारी हैं । दहेज को गैरकानूनी घोषित कर दिया गया है और कानून में इसके लिए घोर दण्ड का भी प्रावधान है पर फिर भी दहेज का लेन-देन जारी है । इस बात पर सुब्रमन्यम ने अपने विचार दिये कि दहेज सिर्फ कानून बनाने से खत्म नहीं होगा इसके लिए युवाओं को आगे बढ़ना होगा और बिना दहेज शादी के लिए अपने अभिभावकों को राजी करना होगा ।

श्री शिव प्रसाद जी 52-53 वर्ष के व्यक्ति हैं जो मूल रूप से भागलपुर (बिहार) के रहने वाले हैं । उनके माता-पिता एवं अन्य रिश्तेदार भागलपुर में रहते हैं । श्री शिव प्रसाद जी केन्द्र सरकार के कार्यालय में एक उच्च अधिकारी हैं और अहमदाबाद में कार्यरत हैं ।

सुब्रमन्यम एक 24-25 साल का युवा है जो आई.आई.एम. अहमदाबाद में फाइनल इयर का छात्र है । वह दक्षिण भारतीय परिवार का है परन्तु दिल्ली

में उसकी पढ़ाई लिखाई हुई है । इस कारण वह अच्छी हिन्दी भी जानता है । बोली में मिठास, चेहरे पर आत्मविश्वास और होठों पर मुस्कुान–उसके व्यक्तित्व को आकर्षक बनाते हैं ।

सार्वजनिक स्थानों पर अजनबी व्यक्तियों के बीच औपचारिक बातचीत से आत्मीयता धीरे-धीरे बढ़ने लगती है और लोग अनौपचारिक बातें भी करने लगते हैं । शिव प्रसाद जी बताते हैं कि उनकी पुत्री की शादी के सिलसिले में उन्हें कई बार बिहार का दौरा करना पड़ा है । अभी भी वे बिहार दौरा से वापस लौट रहे थे । दरअसल शिव प्रसाद के पिता की इच्छा है कि उनकी पोती की शादी स्वजातीय परिवार में हो और बिहार में हो । लड़के वाले तो हामी के लिए जल्दी अपना मुँह खोलते ही नहीं । इस बार उन्होंने लड़की देखने की हामी तो भरी पर 20 लाख दहेज की शर्त भी साथ में रखी है । पुत्री की इंजीनियरिंग की पढ़ाई में काफी खर्च करना पड़ा । पुत्र भी अपनी इंजीनियरिंग की पढ़ाई कर रहा है । ऐसी स्थिति में नौकरी पेशा वाले व्यक्ति के लिए 20 लाख की रकम का इन्तिजाम करना मुश्किल है । शिवप्रसाद जी ने बताया कि उन्होंने 10-15 दिनों का समय माँगा है, सोचने के लिए । सुब्रमन्यम ने अपने विचार दिए कि हम कैसे समाज में रहते हैं ? शादी रिश्तों का मधुर मिलन है या खरीद बिक्री ?

रात्रि भोजन के बाद सभी सो गये । सुबह हुई कुछ घंटों में गाड़ी अहमदाबाद पहुँचने वाली थी । शिव प्रसाद जी ने अपना कार्ड सुब्रमन्यम को देते हुए बोले, उनका घर आई.आई.एम. से 3-4 किमी की दूरी पर है यदि अवसर मिले तो शाम के वक्त मिलने आएं ।

अगले शनिवार की शाम सुब्रमन्यम ने शिव प्रसाद जी को फोन किया और मिलने आया । शिव प्रसाद जी खुश हुए । चाय नाश्ते के साथ तरह-तरह की बातें हुई । प्रसाद साहब बोले तुमसे बात करके मुझे अपनी जवानी के दिन याद आ गए । तुम्हारे जैसा मैं भी हर विषय पर अपना विचार रखता था । सुब्रमन्यम ने पूछा कि शादी की बात पक्की हो गई । प्रसाद साहब के चेहरे पर उलझन की लकीरें आ गई, बोले कुछ सोच नहीं पा रहा हूँ कि इतना पैसा कहाँ से लाएँ पिताजी का रोज फोन आ रहा है कि लड़के वाले जल्दी जवाब माँग रहे हैं वरना दूसरी जगह बात करेंगे ।

कोई चार दिनों बाद प्रसाद साहब ऑफिस में बैठे थे कि एक व्यक्ति

ने आकर एक लिफाफा पकड़ाया । प्रसाद साहब ने पत्र पढ़ा –

सर,

यदि आप को बुरा न लगे तो क्या आज शाम मैं आप की पुत्री का हाथ माँगने आपके पास आ सकता हूँ ? यदि आप मुझे मिलने की अनुमति देते हैं तो इस पत्र के पीछे हाँ लिखकर पत्र वाहक को दे दें ।

– *सुब्रमन्यम*

इस अप्रत्याशित पत्र पर प्रसाद साहब को बड़ा आश्चर्य-सा हुआ । कुछ क्षण वे सोच में पड़ गये, फिर अचानक हाँ लिख कर पत्रवाहक को पत्र दे दिया ।

शाम के वक्त सुब्रमन्यम प्रसाद साहब से मिलने आया । प्रसाद साहब ने महसूस किया कि आज सुब्रमन्यम के चेहरे पर कुछ संकोच और चाल में सकुचाहट स्पष्ट दिख रही हैं । प्रसाद साहब भी कुछ अलग अंदाज से सुब्रमन्यम को निहार रहे थे । सुब्रमन्यम का व्यक्तित्व और बात करने का तरीका उन्हें अच्छा लगने लगा था । पर आज उन्हें सुब्रमन्यम में कुछ अलग आकर्षण दिख रहा था ।

सुब्रमन्यम ने बात शुरू की । सर, कल मेरा कैम्पस सेलेक्शन आई.बी. एम. कम्पनी में हो गया है । एक लाख प्रतिमाह का शुरूआती वेतन है । प्रसाद साहब ने पूछा–बिना मेरी पुत्री को मिले तुमने शादी करने का कैसे इरादा बनाया ? सुब्रमन्यम बोला मिला तो नहीं हूँ पर देखा जरूर है । पिछले दिन जब मैं आप के घर आ रहा था तो वो कहीं बाहर जा रही थी । जहाँ तक जानने का सवाल है, आपकी बातचीत एवं व्यवहार से मैंने बहुत कुछ जान लिया है ।

प्रसाद साहब बोले तुम दक्षिण भारत से हो । क्या तुम्हारे माता-पिता ऐसे रिश्ते से राजी होंगे ? सुब्रमन्यम बोला–जल्दी राजी तो नहीं होंगे, पर मैं उन्हें मना लूँगा क्यों कि वे लोग मेरे उन्मुक्त विचार से परिचित हैं । प्रसाद साहब कुछ देर सोचते रहे । फिर बोले मेरी तीन शर्ते हैं, हामी भरने से पहले । एक तो जब तक तुम्हारे माता-पिता राजी नहीं होंगे, शादी के लिए हाँ नहीं किया जा सकता । दूसरे, मुझे भी अपने पिता एवं पुत्री से इसके लिए विचार करना होगा और तीसरा, हमारे परिवार और तुम्हारे परिवार के लोग आपस में एक बार मिलकर सभी यदि इस रिश्ते के लिए राजी होंगे तो शादी की जा सकती है ।

सुब्रमन्यम मुस्कुराकर बोला–सर आप ने तो शर्त की बात कहकर मुझे डरा ही दिया था। पर आपकी शर्तों ने मेरा मान बढ़ाया है। मुझे सभी शर्ते मंजूर हैं। प्रसाद साहब बड़े असमंजस में थे। समझ में नहीं आ रहा था कि क्या करें। एक अचानक अनजान से रिश्ता जोड़ने की बात पर निर्णय लेना कठिन था। फिर वे अपने पिता से बात करने में घबड़ा रहे थे। वे जानते थे कि उनके पिता इस बात को सुनते ही नाराज हो जायेंगे। बड़ी हिम्मत करके उन्होंने बातें किसी तरह अपने पिता को बताई। उन्हें तब बड़ी हैरानी हुई जब उनके पिता बिना नाराज हुए बोले दक्षिण भारतीय परिवार में शादी करने से पहले लड़के के बारे में पता अवश्य कर लेना तथा उसके परिवार वालों से अवश्य मिल लेना। पिता की ऐसी प्रतिक्रिया की उन्हें उम्मीद नहीं थी।

उधर सुब्रमन्यम ने अपने माता पिता से बातें की तो वे भड़क उठे। पर जैसे-तैसे जिद करके सुब्रमन्यम ने उन्हें लड़की देखने को राजी किया।

दोनों परिवार के लोग अहमदाबाद में मिले। सुब्रमन्यम के माता पिता के चेहरे पर बेरूखी के भाव स्पष्ट दिख रहे थे। लड़की को बुलाया गया। सुन्दर चेहरा, दुबला-पतला इकहरा बदन एवं साड़ी में सजी लड़की बहुत आकर्षक दिख रही थी। लड़की को देखने के बाद सुब्रमन्यम के माता पिता के चेहरे के भाव बदलने लगे। लड़की ने पूरे भारतीय संस्कार का पालन करते हुए सुब्रमन्यम के माता-पिता के पैर छुए। बस अब उनके चेहरे पर भी मुस्कुराहट झलकने लगी। फिर बातचीत का दौर चला। इस भावनात्मक मिलन में आने वाली भाषा की रूकावट को सुब्रमन्यम ने बड़ी कुशलता के साथ दूर किया। सबने एक दूसरे को पसंद किया। सुब्रमन्यम ने भी सुप्रिया को पसंद किया और शादी पक्की कर दी गई।

रेल ने जोड़ी बना डाली।

□□

टिकट चैकिंग

अफजल दो साल से मेरा बंगला पिउन है । आज अफजल को देखता हूँ तो लगता है कि इसके बिना मेरा घर चल ही नहीं पाएगा । दो साल पूर्व अफजल के प्रतिरोध में पूरे घर को सिर पर उठा लेने वाली मेरी पत्नी का तो आज वह चहेता बन गया है । अदब से पेश आना, पूरी ईमानदारी एवं फुर्ती से कार्य करना, घर की चीजों को अपना समझ कर उनकी देखभाल एवं रक्षा करना । ईमानदारी तो ऐसी कि पूरा घर उसके हवाले कर हमलोग निश्चिंत होकर कहीं भी चले जाते हैं । मेरी पत्नी का चहेता विशेषकर इसलिए कि बहुत जल्दी खाना बनाना सीखकर, स्वादिष्ट खाना बनाने में महारत हासिल कर ली है । उसके अपनेपन की पराकाष्ठा तो देखिए कि यदि मैं या मेरी पत्नी घर में कोई लापरवाही करे या खानपान में लापरवाही करे तो हमें भी हल्की डांट लगा देना । मेरे या मेरी पत्नी के मित्र भी अफजल की बड़ाई करने से नहीं चूकते ।

आज मैं अफजल को देखता हूँ तो मन ही मन भगवान को धन्यवाद देता हूँ कि उन्होंने अफजल को अपना बंगला पिउन बनाने के मेरे प्रयोग में मुझे सफलता दी । अफजल को घर में बंगला पिउन के रूप में रखना एक प्रयोग से कम नहीं था । एक तो मुस्लिम बच्चा दूसरे मैं सड़क से उठाकर उसे अपने घर ले आया था । जाने मेरे जेहन में वो कौन-सा विचार था या वो कौन सी शक्ति थी कि मैंने उसे घर लाकर बंगला पिउन बनाने की ठान ली थी जबकि मैं उसके बारे में कुछ भी नहीं जानता था । मुझे यह भी याद है कि मेरी पत्नी और मेरी माँ दोनों ने अफजल को घर में नहीं रखने के लिए भयंकर प्रतिरोध किया था-पता नहीं कहाँ से उठा लाए हो, इस तरह के सड़कछाप बच्चे चोर-उचक्के ही होते हैं, घर में चोरी कर भाग जाएंगे । इतना छोटा बच्चा है क्या काम करेगा, फिर मुस्लिम बच्चे को हम घर में कैसे रखेंगे ?

मैं अपनी पत्नी एवं माँ के तर्क का विरोध करने में सक्षम नहीं था। चुपचाप उनकी दलीलें एवं डाँट सुनता गया। फिर बोला–सिर्फ दो–तीन दिन ही रखकर टेस्ट कर लो, नहीं अच्छा लगे तो हटा देंगे। शायद अफजल पर ऊपर वाले का कोई विलक्षण प्रभाव ही होगा कि इतना छोटा बालक इतने प्रतिरोध के बावुजूद जाने कैसे सबका चहेता बन गया।

अफजल को देखता हूँ तो कई भावनाएँ, कई विचार मन में एक साथ उभरने लगते हैं–कितनी गरीबी है हमारे देश में, कितनी परेशानी एवं अभाव में जीने को मजबूर हैं हमारे देश में लोग। निम्न गरीब परिवार में भी संस्कारी, ईमानदार एवं काबिल बच्चे जन्म ले सकते हैं, क्यों हम ऐसे परिवार के बच्चों से घृणा करते हैं। करीब साठ साल से आजाद हिन्दुस्तान में हिन्दू–मुस्लिम परिवार बसते आ रहे हैं, फिर हिन्दू एवं मुस्लिम की भावनाओं के बीच दीवार क्यों नहीं टूट जाती है ?

घटना दो साल पूर्व की है। एक रेल अधिकारी की हैसियत से मैंने एक ट्रेन में सरप्राइज टिकट चैकिंग करने की व्यवस्था करने का आदेश दिया। ट्रेन, स्थान, तारीख एवं समय निर्धारित किया गया। फिर मैं अपने पर्यवेक्षकों की टीम एवं रेलवे प्रोटेक्शन फोर्स के कुछ जवानों के साथ टिकट चैकिंग के स्थान पर पहुँच गया। दो स्टेशनों के बीच निर्धारित सुनसान जगह पर गाड़ी रोकी गई। रेलवे प्रोटेक्शन फोर्स के कुछ जवानों ने गाड़ी घेर ली एवं बाकी जवान एवं पर्यवेक्षकों की टीम गाड़ी में घुस कर टिकट चैंकिग करने लगे। कोई 35–40 लोग बिना वैध टिकट के पकड़ लिए गए। सभी लोगों को फाइन किया। कुछ लोग फाइन चुकता करके छूट गये। कुछ के पास पैसा नहीं था, इसलिए पकड़ लिए गए। पकड़े गए लोगों में अफजल भी था–उस वक्त वह कोई 17–18 साल का बच्चा था। वह लगातार रोए जा रहा था और गिड़गिड़ाता हुआ लगातार बोल रहा था–साहब जी, मुझे छोड़ दीजिए, मैं दुबारा यह गलती नहीं करूँगा, मेरे पास 300/– रूपये नहीं हैं, मेरी माँ बहुत गरीब है, मैं पैसे कहाँ से लाऊँ, मुझे जेल मत ले जाइए, मेरी माँ मर जाएगी।

मेरी टिकट चैकिंग टीम के लोग इन पकड़े गए लोगों को मेरे पास ले आए। मुझे देखते ही वह बच्चा फिर वही सब बातें गिड़गिड़ाता हुआ मुझसे बोलने लगा, हाथ जोड़ने लगा–साहब जी मैं बहुत गरीब हूँ , परीक्षा देने जा रहा था नौकरी के लिए, पैसा नहीं था इसलिए टिकट नहीं ले सका, साहब

जी मेरी परीक्षा भी छूट गई, मुझे जेल में मत डालो साहब ! नहीं तो मेरी माँ मर जाएगी ।

टिकट चैकिंग सरकारी कार्य होता है निर्धारित नियम कानून के तहत किया जाता है । बच्चे (अफजल) के रूदन पर मुझे तरस आ रहा था पर मैं कुछ नहीं कर सकता था । मेरी टीम के एक दो लोगों ने कहा–सर, इसकी बात पर ध्यान न दीजिए, ऐसा नाटक टिकट चैकिंग में अक्सर होता है । रेलवे प्रोटेक्शन फोर्स के एक जवान ने एक चांटा लगाकर डांटा और उसे चुप रहने को कहा फिर घसीट कर ले जाने लगा । शक्तिहीन कमजोर बच्चे को जैसे ही खींचा गया, उसने चिल्लाकर रोते हुए बोला साहब जी मेरी माँ स्टेशन के पास माधो गली में रहती है, उसे बता देना कि उसका बेटा अफजल पकड़ा गया है, वो मुझे जरूर छुड़ाने आएगी ।

अफजल की ये आवाज मेरे मस्तिष्क में आज भी ताजा है । अफजल के चेहरे की मासूमियत एवं उसकी विवशता भरी आवाज से मेरा दिल भर आया । परन्तु पकड़े जाने पर लोग ऐसा नाटक भी तो करते हैं । मेरे मन में एक द्वन्द्व-सा होने लगा । पता नहीं बच्चे की करूण आवाज का असर था या अपने मन की शंका दूर करने की मेरी ललक, मैंने स्टेशन के पास जाकर माधो गली के बारे में पता कर, अफजल के घर का पता लगाया और उसके घर पहुँच गया । घर क्या था–गंदगी के बीच खड़ा एक झोंपड़ा । अंदर अफजल की माँ थी–गंदे कपड़ों में लिपटी एक अति गरीब औरत । मैंने पूछा अफजल का यही घर है । महिला मुझ अजनबी को देख एवं अफजल का नाम मेरे मुंह से सुनकर शायद किसी आशंका के कारण घबड़ा उठी । बोल पड़ी–हाँ, मैं अफजल की माँ हूँ, क्या हुआ मेरे अफजल को ? मुझे कुछ समझ नहीं आ रहा था कि मैं क्या कहूँ उस औरत से । मुझे अपनी इस अप्रत्याशित सी हरकत पर खुद में अजीब-सा भान हो रहा था । मेरे मुँह से निकल पड़ा–घबड़ाओ मत अफजल को कुछ नहीं हुआ है, मैं तो बस देखने आया था कि कोई बच्चा मिल जाय घर में कुछ काम करने के लिए । औरत बोल पड़ी, बाबूजी आपकी बड़ी मेहरबानी होगी । हम लोग बहुत गरीब हैं । मेरा अफजल छोटा जरूर है पर बहुत मेहनती है, बहुत ईमानदार है । आप उसे रख लीजिए, बाबूजी । बड़ा पगला है अफजल, बोलता है सरकारी नौकरी करेगा, उसी के लिए कोई परीक्षा देने गया है । आप ही बताइए बाबूजी बिना

घूस–पैरवी के सरकारी नौकरी मिलती है आज के जमाने में। शाम तक परीक्षा देकर वापस आ जाएगा फिर मैं उसे भेज दूंगी आप के पास। आप बड़े शरीफ आदमी लगते हैं बाबूजी, मेरे अफजल से कोई शिकायत नहीं होगी आप को, कोई गलती करेगा तो दो चांटा मार देना। शायद एक गरीब औरत को मुझमें अपनी गरीबी दूर करने की कोई आशा दीख रही थी। इसलिए वह बिना रूके बोले जा रही थी। मुझे उसकी आँखों में एक चमक , एक आशा की किरण दिखाई दे रही थी।

एक गरीब परिवार का दृश्य मुझे अंदर तक विचलित कर रहा था। मैं लौट आया। अपने एक सुपरवाइजर को 300/– रूपए देकर अफजल को छुड़ा लाने को कहा।

मेरे सुपरवाइजर ने फाइन के 300/– रूपए जमाकर अफजल को छुड़ाया। अफजल ने छूटते ही पूछा, मेरी अम्मी ने मुझे छुड़ाया होगा, कहाँ है मेरी अम्मी। मेरे सुपरवाइजर ने अफजल को बताया कि उसी साहब ने जिन्होंने टिकट चैकिंग कराई थी, उन्होंने ही तुम्हें छुड़वाया है। अफजल मेरे सुपरवाइजर से घर जाने की अनुमति मांगते हुए बोला–कि साहब जी मेरी अम्मी बहुत परेशान होगी, मेरे घर नहीं पहुँचने के कारण। मुझे जल्दी घर जाना है, मैं जाऊँ !

अफजल घर पहुँचा, उसकी अम्मी चिंतित थी। अफजल ने पूरी घटना अपनी अम्मी को बतायी, अम्मी ने भी बताया कि एक साहब आए थे, तुम्हारा नाम ले रहे थे। कह रहे थे कि उन्हें जरूरत है घर में काम कराने के लिए।

कोई दो दिनों बाद मैं अपने ऑफिस चैम्बर में बैठा काम कर रहा था कि पिउन ने बताया कि सर, एक अफजल नाम का लड़का आप से मिलने की जिद कर रहा है। मैंने उसे बुलवाया। अफजल हाथ जोड़े मेरे कमरे में घुसा और बोलने लगा–साहब जी आप ने मुझे छुड़वाया, अल्ला आपको सलामत रखे। साहब जी, माँ कह रही थी कि एक साहब मेरे घर पर आए थे, घर के काम के लिए किसी को ढूँढ़ रहे थे। जैसा अम्मी बता रही थी मुझे लगा कि शायद आप ही होंगे। मैंने सिर हिलाकर हामी भरी। बस फिर क्या था, अफजल पूरे जोर से मिन्नतें करने लगा कि साहब जी मुझे काम पर रख लीजिए, हम बहुत गरीब हैं, हमें मदद मिल जाएगी। टिकट चैकिंग में पकड़े जाने पर मैं परीक्षा भी नहीं दे सका। फिर परीक्षा दे भी देता तो नौकरी

जरूरी थोड़ी ही है कि मिल ही जाती । साहब जी मैं गरीब हूँ पर विश्वास कीजिए बहुत ईमानदारी से एवं लगन से काम करूँगा, कोई शिकायत का मौका नहीं दूंगा । अफजल की मिन्नत में एक बल था, एक आत्मविश्वास था । उसकी मिन्नतें मुझे झकझोर रही थी पर एक एकदम अनजान सा, वो भी मुस्लिम बच्चे को घर में लाना, सोच से परे था, और फिर घर में मेरी पत्नी एवं माँ इसके लिए कभी तैयार नहीं होगी । मैंने बस टालने के उद्देश्य से बोल दिया–घर पर आना, देखेंगे ।

शाम को मैं घर पहुँचा, थोड़ी देर में अफजल भी आ गया । फिर वही मिन्नतें, उसी बल और आत्मविश्वास के साथ । मैं जानता था कि इसे घर में रखने को कोई तैयार नहीं होगा, और कोई क्या, मैं तो खुद भी यह सोच नहीं सकता था कि किसी एकदम अनजान से बच्चे को घर के काम के लिए रख लूँ, वो तो उसकी गरीबी देखकर मुझे दया आ गई और मैंने उसे छुड़वा दिया था ।

परन्तु अफजल की मिन्नतों में जो आत्मविश्वास था, जो सच्चाई थी वह मुझे अन्दर तक प्रभावित कर रही थी, दिल का कोई कोना यह कह रहा था कि बच्चा मुसीबत का मारा है, इसे मदद की जरूरत है । तब तक मेरी पत्नी भी वहाँ आ गई, पूछने लगी–यह कौन बच्चा है, क्या कह रहा है ? पूरी बातें जान कर मेरी पत्नी ने साफ साफ कह दिया कि हम ऐसे बच्चे को घर में लाकर कोई मुसीबत मोल नहीं ले सकते । मेरी माँ भी वहाँ आ गई । उसने भी यही बात कही । बच्चे की पारखी नजर की भी दाद देनी होगी । हम तीनों में मेरी माँ को मिन्नत करना शायद उसे ज्यादा उचित एवं कारगर लगा, उसने मेरी माँ से अपनी वही गुजारिश जारी रखी–पूरी ईमानदारी से काम करूँगा, सब काम करूँगा, मुझसे दो दिन काम करा लीजिए, पसंद न आए तो छुड़ा देना । मेरी माँ थोड़ी नरम पड़ती नजर आई । मुझे लगा कि मैं भी असमंजस में अपने आप को महसूस कर रहा हूँ । पता नहीं मेरा इरादा इस मुसीबत को टालने का था या मेरा दिल किसी मासूम गरीब की मदद करना चाहता था–मैं अनायास बोल पड़ा–दो-तीन रोज काम करा के देख लो फिर हटा देना । मेरी पत्नी इस बात पर नाराज हुई पर माँ नरम पड़ चुकी थी । अफजल को दो-तीन दिन के लिए टैस्ट करने के लिए रख लिया गया ।

दिन बीते, सप्ताह बीते, महीने बीतते गए, पता ही न चला कि कब

अफजल ने सबको अपना बना लिया, सबका चहेता बन बैठा । इस बच्चे में कुछ सचमुच विलक्षण-सा था, मैंने खुद उसे थोड़ा बहुत पढ़ाकर दसवीं पास करवाई और बंगला पिउन के पद पर रख लिया ।

आज मैं अफजल को देखता हूँ तो सोचता हूँ कि हम लोग पूर्वाग्रह की कमजोरी से ग्रसित होते हैं । जाति, धर्म, समुदाय, के नाम के पूर्वाग्रह हमारी सोच हमारे विचारों को संकुचित कर देती है, हमारे भीतर की मानवता की भावना को कमजोर करती है, मनुष्य को मनुष्य से मिलने-जुलने एवं एक होकर जीने से रोकती है । हमारे देश का संविधान हिन्दू या मुस्लिम सभी को बराबर अधिकार प्रदान करता है परन्तु धार्मिक पूर्वाग्रह के कारण हिन्दू एवं मुसलमान परिवारों में एक दूसरे के लिए स्वीकार्यता अभी भी विकसित नहीं हो पाई है । अफजल मुसलमान होकर भी हमारे परिवार का एक अभिन्न हिस्सा बन गया है ।

□□

निगाहों का रिश्ता

हमारे शरीर में रक्त के प्रवाह का जो महत्त्व है शायद वही महत्त्व मुंम्बई के लिए मुंम्बई लोकल ट्रेन का है । इसलिए मुंम्बई लोकल ट्रेन मुंम्बई की लाइफलाइन कही जाती है । शायद ही कोई मुंम्बईवासी होगा जिसे लोकल ट्रेन की जरूरत नहीं पड़ती होगी । यदि किसी कारण से लोकल ट्रेन रूक जाती है तो मानो मुंम्बई ठहर सी जाती है ।

बहुत से ऐसे मुंम्बईवासी हैं जो मुंम्बई लोकल ट्रेन द्वारा रोज घर से दफ्तर एवं दफ्तर से घर आते हैं । अक्सर ऐसे लोग नियत समय पर प्रायः एक ही नम्बर की लोकल ट्रेन से सफर करते हैं । ऐसे में बहुत से लोग एक दूसरे को जानते नहीं हैं पर पहचानते अवश्य हैं । ऐसे लोगों के बीच वार्तालाप भले ही नहीं होता हो पर निगाहों द्वारा भावनाओं का आदान-प्रदान अवश्य हो जाता है ।

अशोक रोज अंधेरी स्टेशन से लोकल ट्रेन सवा नौ बजे सुबह पकड़ता है । भीड़ में किसी तरह घुसता है । वह बांद्रा स्टेशन पर उतरता है अपने दफ्तर जाने के लिए । शाम को करीब छः बजे फिर वह बांद्रा स्टेशन से ट्रेन पकड़कर अंधेरी स्टेशन पर उतरकर घर वापस आता है ।

अशोक 25 साल का युवक है । बांद्रा स्टेशन के निकट किसी दफ्तर में उसने पिछले छह माह से नौकरी पकड़ी है और दफ्तर आने के लिए उसे लोकल ट्रेन का सफर करना होता है ।

अक्सर उसे अपने डिब्बे में एक अंकल मिल जाते हैं । करीब 50-52 साल के होंगे । वे डिब्बे में अंदर की ओर कभी बैठे या कभी खड़े मिलते हैं । लगता है वे अंधेरी स्टेशन से काफी पहले वाले किसी स्टेशन से चढ़ते हैं । तभी शायद डिब्बे में काफी अंदर बैठे या खड़े दिखते हैं । उनका उतरना भी बांद्रा स्टेशन के किसी बाद वाले स्टेशन पर होता है । पिछले कुछ दिनों

से अशोक और अंकल जी की निगाहों वाली पहचान हो गई है । भीड़ के कारण बातचीत तो नहीं कर सकते पर हाथ हिलाकर तथा मुस्कुराकर एक दूसरे से आत्मीयता का आदान-प्रदान अवश्य करते हैं ।

अशोक यू.पी. का रहने वाला है और कुछ महीने पूर्व ही नौकरी करने मुंम्बई आया है । अशोक के पिता किसी हिन्दू संगठन से जुड़े हैं । इस कारण उसके पिता का आना-जाना प्राय: सभाओं एवं बैठकों में होता रहता है । पिताजी कट्टर हिन्दूवादी है और मुस्लिम के लिए उनमें नफरत भरी है । पिता के हिन्दूवादी विचारों एवं बातों का प्रभाव उनके परिवार वालों पर भी है । इस कारण अशोक भी मुस्लिम समुदाय के प्रति अच्छी भावना नहीं रखता है ।

एक दिन अशोक दफ्तर जाने के लिए ट्रेन पर चढ़ता है । चढ़ते ही उसकी निगाहें अंकल जी को खोजने लगती हैं । अंकलजी अंदर की ओर बैठे हैं । दोनों एक दूसरे को देख मुस्कुराते हैं । फिर अशोक अपनी जेब से कागज का एक टुकड़ा निकाल कर उसे हथेली पर मसलकर गोली बनाकर अंकल जी की ओर फेंकता है और इशारे से उसे पढ़ने को कहता है । अंकलजी कागज को सीधा करते हैं और पढ़ते हैं । लिखा है -- अंकल जी, अगले संडे मेरा इंगेजमेंट है । यदि आप शाम सात बजे मेरे घर आएंगे तो मुझे खुशी होगी । और हाँ अपने परिवार को भी अवश्य लाइए । अंकल जी ने हँसकर हाथ के इशारे से आने की सहमति दी ।

अशोक चूँकि छह माह पूर्व ही मुंम्बई आया था, इसलिए दफ्तर के कुछ दोस्तों को छोड़ उसकी जान-पहचान बहुत कम लोगों से थी । इसलिए उसने इंगेजमेन्ट की छोटी सी पार्टी रखी थी । लड़की वाले तथा अशोक के घरवाले इंगेजमेन्ट के लिए मुंम्बई पधारे थे । सात साढ़े सात तक सभी लोग आ गये । करीब साढ़े सात बजे अशोक के एक मित्र ने आकर सूचना दी कि कोई अफजल मियां आपसे मिलना चाहते हैं और बाहर खड़े हैं । राहुल बाहर गया तो देखा अंकल जी खड़े हैं, साथ में एक बूढ़ी औरत भी है । अपनी रोजाना की चिरपरिचित मुस्कुराहट के साथ अंकल जी ने राहुल को नमस्ते किया, अपना नाम बताया और फिर बोले ये मेरी अम्मी है । फिर दोनों लोगों ने अशोक को बधाई दी ।

अशोक ने जैसे ही अंकल जी का नाम सुना उसे तो साँप सूँघ गया । उसने कभी सोचा भी नहीं था कि निगाहों का यह रिश्ता जिस अंकल के साथ

वह कायम कर रहा है वे मुस्लिम हैं । अंकल जी शायद उसके चेहरे के भारीपन को महसूस कर रहे थे पर उन्होंने अपने आप को एकदम सहज बनाये रखा । अशोक ने सोचा जो होना था सो हो गया अब पिताजी को कुछ नहीं बताऊँगा ।

यह सोचते हुए अशोक ने भारीमन से अंकलजी को उनकी अम्मी के साथ अंदर ले गया । अशोक के चेहरे पर संकोच के भाव स्पष्ट दिख रहे थे । अंकल जी ने अंदर पहुँच कर कहा–जनाब अशोक साहब क्या अपनी होने वाली पत्नी और अपने परिवार वालों से हमारा परिचय नहीं कराएंगे । सब लोग पास ही थे । अशोक ने बिना नाम बताये हिचकिचाते हुए बताया कि ये अंकल जी है और ये उनकी माँ है और फिर अपने परिवार वालों तथा होने वाली पत्नी से भी उनका परिचय कराया । अंकल जी ने बड़ी सहजता से मुस्कुराते हुए कहा मेरा नाम–अफजल मियां है और ये मेरी अम्मी जान है । फिर उन्होंने एक गिफ्ट पैकेट लड़की की ओर बढ़ाते हुए कहा–ये मेरी ओर से शुभकामनाओं का भेट है । हम आप दोनों को दुआ देते हैं कि आपकी जिंदगी खुशियों से, सफलताओं से भरी रहे । अंकल जी का नाम सुनते ही अशोक के पिता एकदम अचंभित रह गए पर उस वक्त कुछ बोलना उचित नहीं समझा । पर अशोक की होने वाली पत्नी ने अंकलजी एवं उनकी अम्मी के पैर छू लिये । इस पर अशोक को न जाने क्यों कुछ राहत का अहसास हुआ और अनायास ही अशोक के हाथ भी बढ़ गये और उसने भी अंकलजी और अम्मी के पैर छू लिये । अशोक को लगा कि जैसे सब कुछ अपने आप हो रहा है । फिर अम्मी ने एक छोटी डिब्बी से एक ताबीज निकाली । अंकल जी बोले–मेरी अम्मी जब भी किसी को आशीर्वाद देती हैं तो इस तरह की ताबीज अवश्य देती हैं । अम्मी बोली–बेटा यह बड़ी पाक ताबीज है, इसे अपने घर में किसी पवित्र स्थान पर अवश्य रखिएगा । यह आप लोगों को मुसीबतों से दूर रखेगा, मुसीबतों से लड़ने की हिम्मत देगा और जिंदगी में खुशियाँ लाएगा । अंकल जी के सहज व्यवहार एवं अपनापन से राहुल भी अपने आप को सहज महसूस करने लगा । हाँ एक बात उसे काँटों की तरह चुभ रही थी कि उसके पिताजी अंकलजी का नाम सुनने के थोड़ी ही देर बाद बिना कुछ कहे वहाँ से चले गये थे और आसपास कहीं नजर नहीं आ रहे थे ।

भोजन पश्चात् जब अंकल जी जाने को हुए तो कहने लगे–अशोक साहब आप अभी मुंम्बई में नये–नये आये हैं, किसी तरह की मदद की जरूरत हो तो अवश्य बताइएगा। और हाँ शादी के बाद पत्नी सहित हमारे गरीबखाने में एक बार जरूर तशरीफ लाइएगा। अशोक को अंकल जी से बात करने में अच्छा लग रहा था। उसने पूछ लिया–अंकल जी आप के परिवार के और लोग नहीं आए। इस पर अंकल जी के चेहरे पर मायूसी छा गई। वे बोले–आज से करीब 15 साल पहले हिन्दू–मुस्लिम दंगे में मेरी पत्नी और दो बच्चे मारे गए। अब तो बस मैं जी रहा हूँ किसी तरह अपनी अम्मी के लिए। अशोक को जैसे झटका–सा लगा। मन में ग्लानि के भाव आने लगे। वो अपने आप को बहुत छोटा–बहुत बौना महसूस करने लगा।

सभी चले गये। अशोक के पिता मुँह फुलाए दूसरे कमरे में बैठे थे। अशोक उनसे बात करने की हिम्मत नहीं जुटा पा रहा था। पर अब अशोक इस भावना से मुक्त हो चुका था कि उसने किसी मुस्लिम परिवार को आमंत्रित कर कोई गलत काम किया है।

अशोक सोचने लगा–ऊपर वाले ने हम सबको एक सा बनाया है। हम पहले इंसान हैं फिर हिन्दू या मुसलमान हैं। हमने ऊपर वाले को विभिन्न रूपों में देखा–फिर कोई हिन्दू बन गया और कोई मुसलमान बन गया। पर हिन्दू और मुसलमान बनकर ईश्वर के सही रूप को हमने भुला डाला और अपनी इंसानियत ही खो डाली। क्यों नफरत बांटते हैं हम धर्म के नाम पर। हम इंसानियत क्यों नहीं बाँट सकते, हम अपनापन क्यों नहीं बाँट सकते, हम खुशियाँ क्यों नहीं बाँट सकते जैसे कि अंकलजी बाँट रहे थे।

अशोक की शादी हुई। अंकलजी से जान–पहचान बढ़ी। इतनी बड़ी मुंम्बई नगरी में कोई सचमुच अपना–सा है तो वो हैं अंकलजी और उनकी अम्मी।

□□

और भी हैं राहें

पिंकी की शादी हो गई । शादी के बाद वह विदा होकर अपने ससुराल चली गई । पिंकी खुद भी एक कस्टम अधिकारी है और उसने अपने एक साथी कस्टम ऑफिसर के साथ लव मैरिज की है । शादी धूमधाम से संपन्न हो गई । पिता कृष्ण कुमार एवं उनकी पत्नी के दिलों में पुत्री के जाने के गम एवं पिंकी की शादी की खुशी का मिला-जुला भाव है । शादी कार्यों से निवृत्त होकर दोनों घर की छत पर बैठे बात करते-करते अतीत के पन्ने उलटने लगते हैं ।

कृष्ण कुमार रेलवे में स्टेशन मास्टर के पद पर कार्य करते थे । छोटा-सा परिवार था उनका । घर में पत्नी, एक पुत्र एवं एक पुत्री थी। कृष्ण कुमार स्वभाव से सरल एवं विनोदी प्रकृति के थे । परिवारजनों से प्यार भरा बर्ताव करना, ईमानदारी एवं लगन से अपनी ड्यूटी करना , रिश्तेदारों एवं दोस्तों से अच्छा संबंध रखना आदि उनका स्वभाव था । उनकी ड्यूटी रेलवे स्टेशन पर होती थी । स्टेशन एक पब्लिक स्थान है, कई तरह के, कई स्तर के लोग यहाँ आते रहते हैं । अपने स्वभाववश कृष्ण कुमार सभी से अच्छा व्यवहार रखते थे । शायद इसलिए स्टेशन पर उनकी अच्छी लोकप्रियता थी । रेलवे स्टेशन से प्रायः हर लोगों का काम पड़ता है । वे लोगों की यथासंभव मदद करते थे । स्वास्थ्य के प्रति भी उनकी काफी जागरूकता थी । घर में योगाभ्यास-कसरत आदि उनकी नियमित दिनचर्या में थी । घर में पूजा-पाठ के लिए भी थोड़ा समय निकाल लेते थे । अपनी सीमित आर्थिक आय में कृष्ण कुमार एक संतुष्ट एवं खुशहाल जिंदगी की राह पर अपने परिवार को साथ लेकर आगे बढ़ते जा रहे हैं ।

समय पंख लगाकर भाग रहा था । पुत्र पिंकू ने बारहवीं पास कर बी.एस.सी. में दाखिला ले लिया । पढ़ाई में साधारण होने के कारण

इंजीनियरिंग की बड़ी प्रवेश परीक्षा में वह सफल नहीं हो सका । बेटी पिंकी भी अब बड़ी हो चली थी–नवीं पास कर दसवीं में आ गई । पिंकी पढ़ने में काफी तेज थी, उसकी तमन्ना ऊँची पढ़ाई करने की थी ।

बच्चों की बढ़ती उम्र के साथ-साथ कृष्ण कुमार एवं उसकी पत्नी की चिन्ताएँ भी बढ़ने लगी । ऊँची क्लास में बच्चों के अच्छे रिजल्ट की चिन्ता, ऊँची पढ़ाई के लिए पैसे का इंतजाम, बेटे की नौकरी, बेटी की शादी–आदि महत्त्वपूर्ण जिम्मेदारियाँ कैसे पूरी होगी, उसकी चिंता में विशेषकर कृष्ण कुमार की पत्नी ज्यादा परेशान होने लगी ।

स्टेशन मास्टर के पद वाले लोगों की आर्थिक स्थिति निम्न मध्यम वर्गीय होती है । निम्न मध्यम वर्गीय परिवार की स्थिति हमारे देश में बड़ी विचित्र होती है । साधारण जिंदगी जीने तथा बच्चों की साधारण पढ़ाई के लिए पर्याप्त पैसा तो होता है परन्तु सभी भौतिक सुख सुविधाओं एवं बच्चों की ऊँची शिक्षा आदि के लिए पैसा अपर्याप्त होता है । निम्न मध्यम वर्गीय परिवार हमेशा एक कशमकश की जिंदगी जीता है–एक तरफ निम्न स्तरीय अशिक्षित लोगों से अलग अपनी पहचान बनाए रखने की कोशिश तो दूसरी तरफ जिंदगी की हर जरूरतें पूरी करने की आर्थिक क्षमता का अभाव । मध्यमवर्गीय परिवार के लोग बच्चों को पढ़ालिखाकर, ऊँची शिक्षा देकर जिंदगी में बड़े लक्ष्य को प्राप्त करने की ललक रखते हैं–क्यों कि इसके अलावा उनके पास जिंदगी में बड़ी सफलता प्राप्त करने का शायद दूसरा रास्ता नहीं होता । बड़ी विचित्र स्थिति होती है–अति सीमित आर्थिक स्थिति परन्तु हसरतें आसमान छूने की ।

भारतीय समाज में फैली कुव्यवस्था एवं कुरीतियाँ निम्न मध्यम वर्गीय परिवार की समस्याओं को और बढ़ावा देती हैं । कृष्ण कुमार एवं उनकी पत्नी की चिन्ताओं का कारण सीमित आय के साथ-साथ इन सामाजिक कुव्यवस्थाओं एवं कुरीतियों से गुजरते हुए बच्चों के प्रति अपनी जिम्मेदारियों का निर्वाह करना है ।

समय और आगे बढ़ता है । चिन्तायें और बढ़ती हैं । पुत्र ग्रेजुएशन के बाद नौकरी ढूँढ़ने की कोशिश करता है पर सफलता नहीं मिलती है । पिंकू दिल्ली जाकर विभिन्न प्रतियोगिताओं की तैयारी करना चाहता है । बेटे की जिम्मेदारी निभाना बहुत जरूरी है, वह दिल्ली चला जाता है । उसे हर माह

एक मोटी रकम भेजनी पड़ती है ।

बेटी इंटर में आ गई है । कृष्ण कुमार एवं उनकी पत्नी विचार करते हैं कि पिंकी को इंटर के बाद पढ़ाना ठीक नहीं होगा, ज्यादा पढ़ लेगी तो शादी के लिए उसी के मुताबिक लड़का ढूँढ़ने में दिक्कत होगी । पिंकी के इंटर में आते ही कृष्ण कुमार की पत्नी पिंकी के लिए लड़का ढूंढ़ने की जिद करने लगती है । पत्नी को चिन्ता है कि पिंकी दिखने में बहुत साधारण है–साँवला रंग, लंबाई भी सामान्य, चेहरा एवं शरीर की बनावट भी साधारण । ऐसे में लड़का ढूँढ़ने में परेशानी हो सकती है । कृष्ण कुमार पिंकी के लिए लड़का ढूंढ़ने में लग जाते हैं ।

हसरतें दिलों में पैदा होती हैं । गरीब हो या अमीर, लड़का हो या लड़की, सुंदर हो या साधारण, जवानी की दहलीज पर कदम रखते ही, खुशनुमा जिंदगी के सपने हर दिलों में पैदा होने लगते हैं । पिंकी जब नवीं कक्षा में ही थी तो पापा से कहती थी कि उसे ऊँची पढ़ाई करनी है, बड़ी नौकरी करनी है । कृष्ण कुमार को पिंकी से बेहद स्नेह है । बेटी की इन बातों से खुश होकर कहते थे–हाँ बेटा, जरूर पढ़ना-लिखना, बच्चे ही तो माँ-बाप के अरमानों को पूरा करते हैं । पिंकी यह सोच-सोच कर उत्साहित होती कि जब वह बड़ी नौकरी करने लगेगी तो मम्मी-पापा के सारे अरमानों को पूरा करेगी । आज तो पैसे की कमी से इच्छाऐं दिल में ही दहन हो जाती हैं, पर वह अपनी एवं अपने मम्मी पापा की सारी इच्छाऐं पूरी करेगी ।

पिंकी के इंटर में प्रवेश करते ही जब कृष्ण कुमार लड़का ढूंढ़ने लगते हैं तो पिंकी इसका विरोध करती है । पापा से कहती है कि आपने मुझे आश्वासन दिया था कि आप मुझे आगे पढ़ने देंगे । चिंतित माँ पिंकी को डाँटकर चुप कराने की कोशिश करती है । माँ कहती है–लड़की जात ज्यादा पढ़-लिखकर क्या करेगी । आखिर शादी करके घर ही बसाना पड़ेगा । जिंदगी में पहली बार कृष्ण कुमार अपने को बहुत असहाय महसूस करते हैं, लगता है कितने गरीब हैं जो बेटी की इच्छा पूरी नहीं कर सकते । पत्नी की बात भी ठीक है कि बेटी की शादी की प्राथमिकता शिक्षा से ज्यादा है । समाज में फैली दुर्व्यवस्था में लड़का ढूंढ़ने में भी समय लग सकता है । ज्यादा पढ़ा देने के बाद लड़का ढूँढ़ने में परेशानी ज्यादा होगी । फिर कृष्ण कुमार अपने मन के आत्मबल को मजबूत कर पिंकी को समझाते हैं–मैं तुम्हारी पढ़ाई कहाँ

छुड़ा रहा हूँ । जब तक मैं लड़का ढूँढ़ता हूँ तब तक तुम पढ़ो । शादी के बाद ससुराल जाकर पढ़ाई जारी रखना । पिंकी को खुश करने की कोशिश में कृष्ण कुमार कहते हैं मैं तुम्हारे लिए बहुत अच्छा लड़का ढूँढूगा जो बड़े पद पर होगा । फिर मन ही मन कृष्ण कुमार सोचते हैं कि खूब कोशिश करूँगा और पिंकी के लिए अच्छा लड़का ही ढूँढूगा ।

शुरू-शुरू में वे कई अच्छे लड़के वालों के घर जाते हैं, रिश्ते की बात करने, बेटी का फोटो दिखाते हैं, फोटो देखकर लोग रिश्ते से मना कर देते हैं । कृष्ण कुमार सोचते हैं कि इस बार फोटो नहीं दिखाऊँगा, सीधे लड़की दिखाने की बात करूंगा । दो लड़के सपरिवार देखने आते हैं पर पिंकी को देखकर नापसंद कर देते हैं ।

कृष्ण कुमार को लगता है कोई अच्छे रूप रंग का लड़का पिंकी को पसंद नहीं करेगा । एक लड़का जो दिखने में बहुत ही साधारण था- देखने आया । लड़के और उसके परिवार ने हामी भरी । कृष्ण कुमार को यह स्पष्ट दिख रहा था कि पिंकी लड़के को देखकर उदास है परंतु कुछ नहीं बोल रही है । कृष्ण कुमार भी क्या कर सकते थे । हामी भरने के बाद लड़के वालों ने कहा मेरा बेटा अच्छी नौकरी करता है, कमाई अच्छी है । इस आधार पर उन्होंने दहेज की मोटी रकम की माँग कर डाली । इतना पैसा कृष्ण कुमार के पास नहीं था । शादी फिर कट गई ।

पिंकी अब तक इंटर पास कर ग्रेजुएशन में आ चुकी थी। बेटा पिंकू को भी कोई सफलता हासिल नहीं हुई थी । पिछले दो सालों की असफलताओं एवं आर्थिक तंगी ने पूरे परिवार को घोर चिन्ता और परेशानी की गिरफ्त में ले लिया था । कृष्ण कुमार का परिवार एक ऐसे पथ पर था जिसकी कोई मंजिल नहीं दिख रही थी ।

पिंकी की शादी के लिए या तो कोई हामी नहीं भरता । यदि कोई हाँ भी करता तो दहेज की मांग करता और दहेज में मोटी रकम देने के पैसे नहीं थे कृष्ण कुमार के पास । इंसान के भीतर धड़कने वाला दिल सबका एक सा होता है । दिलों की इच्छाऐं, दिल पर होने वाली ठोकर का अहसास एक सा होता है । पिंकी को हर रिश्तों के द्वारा नकार दिए जाने पर ग्लानि महसूस होती पर मम्मी-पापा की चिन्ता एवं बेचैनी के कारण कुछ बोलती नहीं थी। पिंकी की प्रतिभा धीरे-धीरे कुंठित होती जा रही थी । इंटर का रिजल्ट भी

वैसा नहीं हुआ जिसकी वो हकदार थी। पिंकी काफी गुमसुम रहने लगी। वैसे तो उसने ग्रेजुएशन में दाखिला ले रखा था परंतु उसका दिल पढ़ने में नहीं लगता था। पिंकी को लगने लगा था कि उसके सपने अब टूटने लगे हैं।

विनोदी कृष्ण कुमार भी जैसे जिंदगी की जंग में हारते-हारते पस्त हो गए थे। परिवार या दोस्तों के बीच हंसने या आत्मीयता दिखाने के वक्त गायब हो चुके थे। नियमित योग कसरत करने वाले कृष्ण कुमार को सेहत की परवाह करने की भी इच्छा नहीं होती। हाँ, वे पूजा-पाठ में अब घंटों वक्त लगाते जबकि पहले वही कृष्ण कुमार कहा करते थे कि भगवान की पूजा अवश्य करनी चाहिए, लेकिन अपने काम में ज्यादा वक्त लगन के साथ देना चाहिए क्यों कि कर्म ही असली पूजा है।

परिस्थितियों का सबसे खराब असर पिंकी की माँ पर हो रहा था। चिन्ता करते-करते वह बहुत चिड़चिड़ी हो गई। बात-बात पर पिंकी को डाँटना उसकी आदत बन गई थी। कृष्ण कुमार को उनकी पत्नी द्वारा पिंकी के साथ ऐसा व्यवहार अच्छा नहीं लगता, वे पिंकी को सांत्वना देने की कोशिश करते। बाद में पिंकी की माँ डिप्रेसन में चली गई, अजीब-अजीब हरकतें करने लगी।

पिंकी की माँ को मनोवैज्ञानिक चिकित्सक को दिखाया गया। दवा शुरू की गई। दवा देने पर पिंकी की माँ घंटों सोती रहती। जब जगती तो फिर वही हरकतें। चिकित्सा का कोई अच्छा असर नहीं हो रहा था बल्कि उनकी सेहत पहले से भी खराब होने लगी।

एक एक्सप्रेस ट्रेन को पास करा लेने के पश्चात् कृष्ण कुमार ऑफिस में चेयर पर गमगीन मुद्रा में बैठे थे। अशांत मन में बेतुकी बातें लहरों की तरह आ जा रही थी। सोचते थे कि शायद पिंकी की शादी ठीक से हो गई होती तो घर की सारी समस्याऐं दूर हो जाती। पिंकी की माँ की तबियत भी इसी चिन्ता में खराब हो गई है। पिंकी के लिए भी मन में दया के भाव उमड़ रहे थे, सोचने लगे बेटी की पढ़ने-लिखने की इच्छा भी वह पूरी नहीं कर सके जबकि वह पढ़ने में कितनी तेज थी एवं उसकी पढ़ने की इच्छा भी तीव्र थी। घर की परिस्थितियों की मार सहते-सहते उसकी प्रतिभाएँ कुंठित होती जा रही थी। फिर सोचते थे कि काश! मेरे पास कुछ और पैसे होते तो भी जिंदगी की मुश्किलें कम की जा सकती थी। समस्याओं का विचार एक के बाद एक आ

आकर इन्हें परेशान कर रहा था पर कोई समाधान नहीं नजर आ रहा था।

उसी वक्त रामू चाय वाला चाय लेकर अंदर आया। रामू स्टेशन पर चाय बेचने का काम करता था। चाय बेचकर वह अपना परिवार चला रहा था। स्टेशन पर जब रामू चाय बेचता तो दिन में एक दो बार चाय लेकर कृष्ण कुमार के पास अवश्य जाता उन्हें चाय पिलाने के लिए। रामू को चाय लेकर आता देख कृष्ण कुमार ने पूछा–रामू तीन चार दिनों से दिखाई नहीं दिए, क्या बात है, सब कुछ ठीक तो है। रामू चेहरे से उदास दीख रहा था। बोलने लगा–साहब, जिंदगी तो बस मुसीबतों से भरी है। पिछले वर्ष मैंने अपनी बच्ची की शादी की थी। शादी के लिए कर्ज भी लिया था। बेटी कहती थी, बापू मेरी शादी मत करो, मैं तुम लोगों के पास रहूँगी, हाथ बटाऊँगी तो कुछ कमाई हो जाएगी। पर बेटी को भला कोई घर में रखता है साहबजी। मैंने बेटी की शादी कर दी। पर उसका घरवाला ठीक नहीं निकला, बराबर उसे मारता-पीटता था। बेटी बहुत परेशान हो गई और भागकर वापस मेरे पास आ गई। भगवान जाने आगे क्या होगा ? कहकर रामू चिंतित मुद्रा में वहीं जमीन पर बैठ गया।

रामू को देखकर कृष्ण कुमार के मन में उठ रहे विचारों में परिवर्तन आने लगा। कुछ अलग, एकदम नए विचार मन में आने लगे–जैसे किसी भटके राही को कोई मंजिल सी दिखने लगी हो। कृष्ण कुमार ने टेलीफोन लगाया, पिंकी से कहा–अभी के बाद माँ को दवा मत देना, कुछ परेशान हो तो तुम संयम से काम लेना। मैं आज शाम कुछ पहले आने की कोशिश करूँगा।

कृष्ण कुमार शाम के करीब साढ़े चार बजे घर पहुँचे। मन में कोई नई सोच और चेहरे पर आत्मविश्वास के साथ। घर में प्रवेश करते ही देखा कि उसकी पत्नी पिंकी को डाँट रही थी–कहाँ से पैदा हो गई है, हम सबको मारकर ही दम लेगी। कहती थी, पढ़ाई करूँगी, पढ़ लिखकर पता नहीं क्या कर लेगी..........। पिंकी बुत बनी सब सुन रही थी। कृष्ण कुमार ने देखा उनकी पत्नी के कपड़े, बाल आदि सब कुछ अस्त-व्यस्त थे। उन्हें पिंकी पर दया आ रही थी। उस बेचारी का क्या दोष ? निर्दोष बच्ची बुरी परिस्थिति की चक्की में नाहक पिस रही है। कृष्ण कुमार ने पिंकी के सिर पर हाथ फेरा। प्यार किया। बहुत दिनों बाद पिंकी को लगा जैसे उसे पापा ने प्यार से थामा था। बस, पापा को पकड़कर फूटफूट कर रो पड़ी। कृष्ण कुमार

की आँखें भी भर उठी परंतु आज कृष्ण कुमार एक सबल एवं सक्षम पिता की तरह अपनी पिंकी का सहारा बन रहे थे। बोले–तू रो मत, बेटा, तुम्हारा पापा अभी जिंदा है मैं तुम्हारे सारे अरमान पूरे करूँगा। फिर उन्होंने पिंकी को दूसरे कमरे में जाकर थोड़ा आराम करने को कहा। पिंकी को बहुत दिनों बाद पापा का सहारा पाकर थोड़ा अच्छा लगा पर सोचती थी बेचारे पापा भी क्या कर पाएंगे। मेरी तसल्ली के लिए ही उन्होंने बोल दिया कि सारे अरमान पूरे करूँगा।

पिंकी को दूसरे कमरे में भेजकर कृष्ण कुमार ने पत्नी को संभाला। वह लगातार कुछ बड़बड़ा रही थी। पिछली दवा का असर समाप्त हो गया था और पिंकी की माँ पागल जैसी हरकतें कर रही थी। कृष्ण कुमार अपनी पत्नी से बात करने लगे। पत्नी को शांत करने के लिए वह जो भी बोलती या प्रश्न करती, वे उसकी हाँ में हाँ मिलाते रहे। परंतु कृष्ण कुमार ने आज ठान रखी थी कि पत्नी को डिप्रेशन की दवा नहीं देनी है। पत्नी कुछ संयत हुई तो उसे एक ओर बिठाकर वे पिंकी के पास गए। फिर मुस्कुराते हुए बोले–बेटा तुम परेशान मत होना। आओ तुम मेरी कुछ मदद करो। हम दोनों मिलकर तुम्हारी माँ को तैयार करेंगे, फिर हम लोग तैयार होकर मंदिर चलेंगे। पिंकी को समझ में नहीं आ रहा था कि पापा क्या करना चाहते हैं। परंतु बहुत दिनों बाद वह पापा की आँखों में एक आत्मविश्वास और ढेर सारा प्यार देख रही थी। पापा जैसा कह रहे थे, वह वैसा ही करने लगी। कृष्ण कुमार एवं पिंकी ने मम्मी को तैयार किया। फिर वे दोनों भी तैयार हो गए। तीनों फिर मंदिर गए। मंदिर में दर्शन कर प्रांगण में बैठे। कृष्ण कुमार को लगा कि वर्षों बाद वह परिवार सहित कहीं बाहर निकले हैं–घर से बाहर, मातम से बाहर। शाम की ठंडी हवा पिंकी को भी अच्छी लग रही थी। फिर भी पिंकी के लिए कुछ भी खुश होने जैसा नहीं था। वह शांत बैठी थी। कृष्ण कुमार की पत्नी भी शांत बैठी थी–शायद बहुत दिनों बाद घर से बाहर निकली थी खुली हवा में और बाहर की खुली हवा उन्हें भी राहत दे रही थी।

कृष्ण कुमार ने पिंकी के सिर पर हाथ फेरते हुए कहा–बेटा, मैंने तुम्हें बहुत परेशान किया है। पिंकी बोल पड़ी, नहीं पापा, आप ने तो जी जान से कोशिश की, मैं सुंदर नहीं हूँ, इसी कारण आप मेरे लिए लड़का नहीं ढूँढ़ पा रहे हैं, गलती तो मेरी है पापा। बेटी के मुँह से ये बातें सुन जैसे कृष्ण

कुमार के दिल के टुकड़े-टुकड़े हो गए। कृष्ण कुमार का गला भर आया, वे लड़खड़ती आवाज में बोले—मैं तुम्हारा अपराधी हूँ बेटा। तुम पढ़ना चाहती थी, पढ़-लिख कर कुछ करना चाहती थी, तुममें प्रतिभा थी, तुम आसमान छूना चाहती थी और छू भी सकती थी, पर मैंने तुम्हारी शादी कर देना चाहा। तुम्हारी माँ ने मुझे शादी के लिए दबाव दिया। तुम्हारी माँ को भी दोष नहीं दे सकते। सामाजिक रिवाज के हिसाब से वह गलत भी नहीं थी। पर बेटा आज मैंने सोच लिया है, तुम पढ़ोगी, आगे बढ़ोगी, मैं आज से कोई लड़का नहीं ढूँढूगा। बेटा, तू छू ले आसमां, मैं तुम्हारे पीछे हूँ तुम्हारे साथ हूँ। जिस दिन तू कहेगी कि पापा मैंने मंजिल पा ली है, तब मैं तुम्हारे लिए लड़का ढूँढूगा। पिंकी जैसे पिघल गई। आँखें बरस पड़ी, इतना ही बोल पाई—सच पापा!

कृष्ण कुमार ने एक माह की छुट्टी ले ली। लंबे समय से उनका पूरा परिवार जैसे राह भटक चुका था। परिवार को राह पर लाना था। सबको संबल देना था—सबसे ज्यादा तो पत्नी को जिस पर सबसे बुरा असर पड़ा था। पिंकी के तो जैसे पंख लग गए। वह पूरी ताकत एवं लगन से पढ़ने में जुट गई—जैसे गए दिनों की पढ़ाई की कमी को तुरंत पूरा कर लेना चाहती थी। कृष्ण कुमार बेटी से रोज बातें करते तथा हौसला बढ़ाते। कृष्ण कुमार को काफी कठिनाई हो रही थी पत्नी को संभालने में—मन मस्तिष्क पर बुरा असर पड़ा था। पिंकी ने भी इस काम में पापा का सहयोग दिया। माँ की हालत सुधरने लगी—पर बेटी की शादी की रट लगाए रहती थी। कृष्ण कुमार उसे दिलासा दिलाते रहे। बेटे का फोन आया—फोन पर ही रोने लगा पापा क्या करूं, कोशिश करता हूँ सफलता नहीं मिलती। कृष्ण कुमार को लगा—बेटा कहीं हिम्मत न खो दे। उन्होंने फोन पर ही उसे हिम्मत दिलाई। खूब समझाया।

समय ने करवट बदली। पत्नी की हालत में सुधार लाने के लिए कृष्ण कुमार एवं पिंकी जुट गए। हालत में सुधार आने लगा पर हमेशा पिंकी की शादी की रट तथा चिंता, उनके मन से जा नहीं रही थी। कृष्ण कुमार को लग रहा था कि जब तक उनकी पत्नी के मन से पिंकी की शादी का भूत नहीं निकलेगा, वह डिप्रेशन से पूर्णतः वापस नहीं आ सकेगी। वह उस वक्त का इंतिजार कर रहे थे जबकि पत्नी का दिमाग इतना मजबूत हो जाये ताकि वह अपनी बात पत्नी से कह सकें। एक दिन कृष्ण कुमार पिंकी के साथ पत्नी के नजदीक आए। पिंकी प्यार से माँ की गोद में सर रखकर लेट गई।

माँ ने भी प्यार से हाथ फेरा। फिर पति से बोली पिंकी की शादी किसी अच्छे घर में हो जाय तो सारी चिन्ता दूर हो जाय। पिंकी बोली–माँ तुम मुझे दूर क्यों करना चाहती हो। मैं चली जाऊँगी तो तुम्हारी देखभाल कौन करेगा, तुम पहले अच्छी हो जाओ तब मेरी शादी करा देना, अभी मत सोचो मेरी शादी के बारे में। पिंकी की माँ कृष्ण कुमार को देखते हुए बोली–पिंकी कैसी बातें करती है, बेटी को ज्यादा दिनों तक तो घर में रखना ठीक नहीं है। कृष्ण कुमार को लगा शायद समय सही है, पत्नी से बोले–मेरी बड़ी इच्छा है कि पिंकी बड़ी पढ़ाई कर बड़ी नौकरी कर ले तब मैं इसकी शादी करूँ। जरा सोचो हमें कितना गर्व होगा जब पिंकी बड़ी ऑफिसर बन जाएगी। तब तक पिंकी हमारे साथ रहेगी तो तुम्हारी देखभाल करेगी और तुम भी पूरी तरह स्वस्थ हो जाओगी। पत्नी चिन्तित हो बोली–क्या तब तक देर न हो जाएगी ? कृष्ण कुमार ने महसूस किया कि पत्नी उनकी बातों को दिल में उतारने की कोशिश कर रही है पत्नी को तसल्ली देते हुए कहने लगे–जब बच्चे ऊँची पढ़ाई करते हैं तो थोड़ी ज्यादा उम्र में ही शादी करते हैं, तुम देखना मैं पिंकी के लिए बहुत बड़ा अफसर ढूँढ़ कर लाऊँगा उसकी शादी के लिए। पत्नी शांत थी, कृष्ण कुमार एवं पिंकी एक दूसरे को देखकर मुस्कुराते हुए पिंकी की माँ के चेहरे का भाव पढ़ने की कोशिश करने लगे। प्रेम के बंधन में एकजुट परिवार की कोशिश का सकारात्मक परिणाम निकला। कृष्ण कुमार एवं पिंकी की कोशिशों से पिंकी की माँ तेजी से स्वस्थ होने लगी।

फिर पिंकी ग्रेजुएशन बड़े अच्छे अंकों से पास कर गई। पापा से बोली कि मैं मास्टर्स में दाखिला लेकर साथ-साथ सिविल सर्विस परीक्षा की तैयारी करूँगी। इस बीच पिंकू को भी नौकरी मिल गई। पिंकी ने सिविल सर्विस की परीक्षा पास की, उसे कस्टम विभाग के लिए चुना गया। पिंकी ट्रेनिंग में चली गई। साधारण रंग-रूप वाली पिंकी अब बहुत स्मार्ट एवं आकर्षक दिखने लगी थी। ऊँची शिक्षा, काबिलीयत एवं सफलता के आत्मविश्वास से उसका चेहरा दमकने लगा। ट्रेनिंग के दौरान ही ट्रेनिंग ले रहे एक लड़के से उसकी दोस्ती हो गई, दोस्ती प्यार में बदल गई और दोनों ने शादी करने का निर्णय ले लिया। कृष्ण कुमार एवं उनकी पत्नी के लिए यह बेहद गर्व की बात है कि उनकी पिंकी एवं उसका पति दोनों कस्टम ऑफिसर हैं।

□□

पेट्रोल मैन

पश्चिम रेलवे के मुख्यालय मुंम्बई में रेल सप्ताह समारोह का भव्य आयोजन किया गया है। यह आयोजन अप्रैल माह में किया जाता है और पिछले वित्तीय वर्ष में किये गये उत्कृष्ट कार्यों के लिए रेल कर्मियों को पारितोषिक, प्रशस्ति पत्र एवं शील्ड महाप्रबंधक महोदय के कर-कमलों से प्रदान किये जाते हैं। इस वर्ष के रेल सप्ताह समारोह का विशेष आकर्षण है शंकर राव। शंकर राव को इस समारोह में आज सबसे ज्यादा पारितोषिक एवं पदक प्रदान किया जाने वाला है।

शंकर राव भावनगर मंडल में इंजीनियरिंग विभाग में पेट्रोलमैन के पद पर कार्यरत है। 17 वर्ष की आयु में करीब दस वर्ष पूर्व 1993 में उसकी बहाली स्पोर्ट कोटा में की गई थी और उसे इंजीनियरिंग विभाग में पदस्थापित किया गया था। शंकर राव मूल रूप से आन्ध्रप्रदेश के किसी गाँव का निवासी है। कद-काठी से ही शंकरराव एक स्पोर्ट्समैन लगता है। छह फुट लम्बा, दुबला-पतला परन्तु गठीला शरीर, गहरा साँवला रंग। शंकर राव एक बहुत कुशल धावक है। इसी आधार पर स्पोर्ट कोटा में उसकी बहाली की गई है। रेलवे में आने के बाद हर वर्ष वह स्पोर्ट्स एवं एथलीट की विभिन्न प्रतियोगिताओं में भाग लेता है और पदक जीतता आया है। प्रतियोगिताओं में जब वह दौड़ता है तो दूसरे प्रतियोगियों को काफी पीछे छोड़ दिया करता है। लोग उसे उड़न तश्तरी कहते हैं। शंकरराव अपने काम में भी काफी कुशल है। स्वभाव से अति शर्मीला एवं बहुत ही कम बोलने वाला शंकर राव अपने पर्यवेक्षकों में भी बहुत लोकप्रिय है। अपने पर्यवेक्षकों द्वारा दिये गये कार्य को तन्मयता, ईमानदारी एवं पूरे अनुशासन के साथ करता है। रेल में बहाली होने के बाद से ही उसे पेट्रोलमैन के कार्य पर लगाया गया है। रात हो या दिन, गर्मी हो या जाड़ा, बारिश हो या चिलचिलाती धूप, अपनी

ड्यूटी वह पूरी ईमानदारी एवं सर्तकता से करता है। पेट्रोलमैन के रूप में कार्य करते हुए उसने बहुत सारे रेल फ्रैक्चर पकड़े हैं और गाड़ी को सुरक्षात्मक रूप से चलाने में अपना पूरा-पूरा योगदान देता रहा है। जब बाढ़ की स्थिति उत्पन्न होती है तो शंकर राव को विशेष रूप से अति संवेदनशील पुलों के निरीक्षण कार्य में लगाया जाता है । पर्यवेक्षक एवं अधिकारी को शंकर राव पर बहुत भरोसा है । तभी तो इतने छोटे पद पर कार्य करने के बावजूद सभी उसे नाम से जानते हैं ।

रेल सप्ताह कार्यक्रम प्रारम्भ होने वाला है । मुख्य अतिथि के रूप में महाप्रबंधक महोदय पत्नी के साथ पधार चुके हैं । स्टेज की साजसज्जा अति मनोहारी है । कार्यक्रम की शुरूआत सांस्कृतिक कार्यक्रम से होती है । सांस्कृतिक कार्यक्रम के बाद महाप्रबंधक महोदय का भाषण होता है जिसमें वे बीते वर्ष में किये गये उत्कृष्ट कार्यों का वर्णन करते हैं । अपने भाषण में महाप्रबंधक महोदय विशेष रूप से शंकर राव का नाम लेकर जब उसके द्वारा किये गये कार्यों का विवरण देते हैं तो पूरा समारोह तालियों की गड़गड़ाहट से गूँज उठता है । शंकर राव ने गत वर्ष सबसे ज्यादा रेल फ्रैक्चर की घटनाएँ पकड़ी है । पिछले वर्ष आयी भीषण बाढ़ की स्थिति में उसे एक 500 मीटर लम्बे पुल पर लगाया गया था जिस पर शंकर राव लगातार रात-दिन पाँच दिनों तक कार्य करता रहा और ट्रेनों को बिना रूकावट के सुरक्षात्मक रूप से चलाया जा सका । पिछले वर्ष शंकर राव ने अखिल भारतीय रेलवे स्पोर्ट में तथा राष्ट्रीय स्तर की विभिन्न प्रतियोगिताओं में भाग लेकर कुल पाँच स्वर्ण पदक एवं चार रजत पदक भी हासिल किए। महाप्रबंधक के भाषण के बाद पारितोषिक वितरण किया गया । शंकर राव शर्माते-सकुचाते हुए स्टेज पर आया और अपना पारितोषिक महाप्रबंधक महोदय से प्राप्त कर चला गया ।

सीधा-सादा शंकर राव अपने दो छोटे बच्चों तथा पत्नी के साथ एक अति सीधी-सादी जिंदगी जी रहा है और पूरी ईमानदारी के साथ अपनी ड्यूटी कर रहा है । पर कहते हैं कि जिंदगी में फूल हैं तो काँटे भी हैं । शंकर राव की सफलता शायद किसी की आँखों में काँटे की तरह चुभ रही थी । किसी ने विजिलेंस (सतर्कता) विभाग में गुप्त पत्र डालकर शंकर राव की शिकायत की। शिकायत थी कि शंकर राव ने अपनी बहाली के समय जो दसवीं क्लास पास करने का प्रमाण-पत्र जमा कराया है वो जाली है । विजिलेंस विभाग

के पदाधिकारियों का आगमन हुआ और प्रमाण-पत्र की जाँच की गई तो उसे सचमुच जाली पाया गया। फिर क्या था। शंकर राव के खिलाफ़ चार्जशीट तैयार की गई और विभागीय जाँच की प्रक्रिया शुरू हुई। सीधा-सादा शंकर राव विभागीय जाँच के नियम कानून के बारे में कुछ नहीं जानता था। जाँच के दौरान वह ज्यादातर चुप ही रहता था। उसका बचाव सहायक ही उसकी ओर से जवाब देता था। बचाव सहायक ने जाँच अधिकारी से मिन्नतें की कि शंकर राव सचमुच सीधा-सादा और केवल पाँचवी पास है, उसके प्रमाण-पत्र गलत हैं, फिर भी उसकी दस सालों की रेल सेवा, उसे हर वर्ष दिये गये पारितोषिक आदि को एवं उसके परिवार को ध्यान में रखा जाय। जाँच प्रक्रिया में शंकर राव ने कहा कि उसे कुछ नहीं मालूम कि उसने यह प्रमाण-पत्र जमा किया है। उसने बताया कि किसी बिचौलिए को उसने दस हजार रूपये दिए क्योंकि उसे नौकरी की तलाश थी और बिचौलिए ने उसे नौकरी दिलवाने का वायदा किया था। बिचौलिए ने जहाँ हस्ताक्षर करने को कहा शंकर राव ने कर दिए। जाँच अधिकारी ने शंकर राव की कोई बात नहीं सुनी। जाँच अधिकारी ने साफ-साफ कहा कि यह विजिलेंस जाँच प्रक्रिया है, कुछ नहीं किया जा सकता। जाँच अधिकारी ने जाँच रिपोर्ट जमा किया जिसमें जाँच अधिकारी ने शंकर राव को दोषी साबित कर दिया।

जाँच रिपोर्ट अनुशासनिक अधिकारी के पास प्रस्तुत हुई। बचाव सहायक शंकर राव को लेकर अनुशासनिक अधिकारी के पास भी गुहार लगाई और रहम की माँग की। अनुशासनिक अधिकारी शंकर राव के अच्छे कार्यों से परिचित थे फिर भी अनुशासनिक अधिकारी ने भी साफ-साफ कह दिया कि यह विजिलेंस केस है और शंकर राव का दोष साबित हो चुका है। अब कोई गुंजाइश नहीं बचती है। शंकर राव को नौकरी से निकाल दिया गया।

शंकर राव पर जैसे मुसीबतों का पहाड़ टूट पड़ा। बच्चों की पढ़ाई बंद हो गई। घर में खाना खाने के लाले पड़ने लगे। शंकर राव की दस साल की ईमानदारी भरी रेल सेवा, अनेक प्रशस्ति-पत्र एवं प्रशंसा-पत्र आदि कुछ काम नहीं आया।

शंकर राव के बचाव सहायक ने अपील पत्र दाखिल कराया। शंकर राव को कोई सरकारी नियम कानून मालूम नहीं थे। जो बचाव सहायक

कहता था, वह करता जाता था। बस वह बेबस भरी परन्तु आशा भरी निगाहों से अपने बचाव सहायक को देखा करता। अपील अपर मंडल रेल प्रबंधक (अमंरेप्र) महोदय के पास पेश की गई। अमंरेप्र महोदय एक माह पूर्व ही भावनगर मंडल में पदस्थापित हुए थे। उन्होंने अभी शंकर राव के केस फाइल को देखा नहीं था। अमंरेप्र महोदय अभी रेस्टहाउस में रह कर ही ड्यूटी कर रहे थे क्यों कि उन्हें अभी सरकारी आवास आबंटित नहीं हो पाया था।

अमंरेप्र महोदय शाम के वक्त ऑफिस से लौट कर रेस्टहाउस के बरामदे पर बैठे थे। उसी वक्त शंकर राव का बचाव सहायक शंकर राव को लेकर अमंरेप्र महोदय के पास आकर बोला–साहब ये शंकर राव है, इसे विजिलेंस केस में नौकरी से निकाल दिया गया है। अमंरेप्र महोदय ने शंकर राव को देखा–शक्तिहीन शरीर, बेबस चेहरा एवं कातर निगाहें। चुपचाप बस बैठा था शंकर राव। बस, बीच-बीच में कातर निगाहों से अमंरेप्र महोदय को देखता था जैसे मदद की गुहार कर रहा हो। शंकर राव की निगाहों में ऐसा कुछ अवश्य था जो अमंरेप्र महोदय को भीतर तक असर कर रहा था। अमंरेप्र महोदय ने पूछा चार्ज क्या था ? लगाए गए चार्ज को सुन कर अमंरेप्र महोदय बोल पड़े कि जाली सर्टीफिकेट लगाओगे तो नौकरी तो जाएगी ही। बचाव सहायक ने अमंरेप्र महोदय को बताया कि केस की अपील साहब के पास पेश की गई। बचाव सहायक ने शंकर राव के द्वारा किए गए अच्छे कार्यों, उसके द्वारा प्राप्त पारितोषिक, एवं प्रशस्ति-पत्रों तथा एक धावक के रूप में उसकी सफलता को बताते हुए अमंरेप्र महोदय से दया करने की प्रार्थना की और कहा कि शंकर राव के दो छोटे बच्चे हैं, यदि उसे नौकरी नहीं मिली तो पूरा परिवार बरबाद हो जाएगा। इस दौरान शंकर राव लड़खड़ाती बोली में सिर्फ इतना ही बोल पाया कि उसने किसी बिचौलिए को दस हजार रूपये दिए थे क्यों कि उसने शंकर राव को नौकरी लगवाने का वादा किया था। उसके बाद उस बिचौलिए ने कौन-सा पेपर जमा करवाया उसे नहीं मालूम।

सरकारी प्रक्रियाओं में विजिलेंस केस का काफी खौफ है। अमंरेप्र महोदय शायद इसी कारण कोई दिलासा नहीं दे सके बल्कि बोले–जब यह विजिलेंस केस है, चार्ज भी साबित हो चुका है। मुझे नहीं लगता कि कुछ भी कर पाने की गुंजाइश है। फिर भी देखूँगा। यह कह कर अमंरेप्र महोदय ने लगभग बात टाल दी। पर शायद शंकर राव की कातर निगाहों का असर

था अमरेंप्र के मन में। उन्होंने शंकर राव के केस को ठीक से देखा। केस फाइल में उन दस्तावेजों की भरमार थी जो दर्शाता था कि शंकर राव एक अनुशासित, मेहनती, ईमानदार एवं सतर्कता से कार्य करने वाला कर्मचारी रहा है। उसके द्वारा प्राप्त पारितोषिक एवं प्रशस्ति-पत्रों की ढेरों कॉपी, धावक के रूप में जीत के पेपर कटिंग आदि केस फाइल में लगी थी। यह तो स्पष्ट था कि शंकर राव एक हीरा है। बचाव सहायक की बातों से एवं शंकर राव की केस फाइल पढ़ने के बाद अमरेंप्र महोदय को यह मालूम हो चुका था कि सीधा-सादा शंकर राव उसी बिचौलिए की चतुर चाल का शिकार हो चुका था और संभवत: उसी ने जाली प्रमाण-पत्र बनवाकर शंकर राव को नौकरी दिलवाई थी। परंतु अमरेंप्र महोदय को एक प्रश्न का जवाब नहीं मिल रहा था कि बहाली के दौरान दस्तावेजों की जाँच होती है, उस समय शंकर राव का जाली प्रमाण-पत्र क्यों नहीं पकड़ा गया। क्या बहाली करने के लिए लगाए गए अधिकारी या कर्मचारी भी..........।

अमरेंप्र के लिए दुविधा की स्थिति थी। एक तरफ शंकर राव जैसा सीधा-सादा परंतु कर्मठ व्यक्ति एवं उसके परिवार की जिंदगी का प्रश्न था दूसरी ओर विजिलेंस केस में उसका दोष साबित हो चुका था। अमरेंप्र महोदय के लिए बड़ा आसान रास्ता था कि शंकर राव को दी गई नौकरी से निकाले जाने की सजा को यथावत रखकर केस फाइल बंद कर दी जाए। परन्तु अमरेंप्र महोदय का जमीर इसकी इजाजत नहीं दे रहा था।

अमरेंप्र महोदय ने अपने साथी अधिकारियों से इस बात की चर्चा की, अपने कुछ वरिष्ठ अधिकारियों की राय ली। यहाँ तक कि उन्होंने विजिलेंस विभाग के अधिकारियों से भी बातचीत की। सभी ने लगभग एक सी राय दी कि विजिलेंस केस है, नियम से चलना ही उचित होगा, केस भी बहुत सीधा-सा है, दोष साबित हो चुका है। अत: शंकर राव को नौकरी पर वापस लेना उचित नहीं होगा।

अमरेंप्र ने अपनी पत्नी से भी चर्चा की। पत्नी ने सारी बातें सुनने के बाद कहा कि शंकर राव ने ईमानदारी से नौकरी की है, उसे नौकरी में वापस नहीं लेना, प्राकृतिक न्याय के खिलाफ होगा। फिर शंकर राव के साथ-साथ उसकी पत्नी और दो बच्चे भी बरबाद हो जायेंगे। अमरेंप्र की पत्नी ने ये भी कहा कि केस की प्रकृति को देखते हुए नौकरी से निकाल देने का निर्णय

लेकर हम उन्हें गलत राह पर चलने का या गलत कार्य करने के लिए प्रेरित करेंगे। इससे न तो रेल का कोई फायदा होगा उल्टे समाज में गलत कार्य को बढ़ावा मिलेगा। अमरेप्र महोदय को लगा कितना अंतर होता है नियम कानून के आधार पर निर्णय लेने में और मानव मूल्यों के आधार पर निर्णय लेने में।

रात के बारह बजे टेलिफोन की घंटी बजी और अमरेप्र महोदय की नींद खुली। कन्ट्रोल रूम से सूचना दी गई बांद्रा एक्सप्रेस गाड़ी दो स्टेशनों के बीच रूक गई है। किसी पेट्रोलमैन ने रेल फ्रैक्चर देखा और गाड़ी रोकी। कर्मचारी काम पर लग गए हैं। रेल ठीक होने के बाद ही गाड़ी चलाई जा सकेगी।

अमरेप्र महोदय जल्दी-जल्दी कंट्रोल रूम पहुँचे। काम तेजी से करने के निर्देश दिए एवं टेलीफोन के द्वारा कार्य की प्रगति और घटना की जानकारी लेने लगे। पेट्रोलमैन कोई और नहीं शंकर राव था। शंकर राव ने घटनास्थल पर उपस्थित रेल के पर्यवेक्षकों को बताया कि रात उसे नींद नहीं आ रही थी तो वह घर के बाहर पटरी के अगल-बगल चहल कदमी कर रहा था। तभी उसकी नजर रेल फ्रैक्चर पर पड़ी। वह चौकन्ना हो गया। यह समय बांद्रा एक्सप्रेस के पास होने का था। वह तुरंत घर की ओर भागा। बड़ी फुर्ती के साथ एक पुरानी लाल झंडी ढूँढ़ निकाली और वापस पटरी तक आया। देखा, बांद्रा एक्सप्रेस के इंजन की लाइट दिख रही थी। शंकर राव लाल झंडी दिखाता हुआ ट्रेन की ओर दौड़ने लगा। ट्रेन के ड्राइवर ने तुरंत स्पीड घटाई और ब्रेक लगाई और ट्रेन को रोका। घटना स्थल पर उपस्थित पर्यवेक्षकों ने बताया कि रेल फ्रैक्चर काफी बड़ा था और गंभीर दुर्घटना घट सकती थी।

अमरेप्र ने अगले दिन शंकर राव की केस फाइल निकाली और लिखा- विजिलेंस जाँच प्रक्रिया में यह साबित हो चुका है कि श्री शंकर राव की बहाली जाली प्रमाण-पत्र के आधार पर हुई है। परन्तु शंकर राव द्वारा करीब दस वर्ष की उत्कृष्ट रेल सेवा को नजरअंदाज नहीं किया जा सकता। शंकर राव उन कई रेल कर्मियों से बेहतर हैं जिनके दस्तावेज तो सही हैं पर वे खुद कामचोर और निकम्मे हैं। शंकर राव को यदि नौकरी पर दुबारा ले लिया जाता है तो रेलवे को कोई नुकसान नहीं होगा बल्कि रेल प्रशासन को एक अनुभवी, ईमानदार और कर्मठ कर्मचारी मिलेगा। फिर नौकरी से निकाल देने पर एक सीधा-सादा हँसता खेलता चार सदस्यों वाला शंकर राव का परिवार

बरबाद हो जाएगा । इस सामाजिक विषय को भी ध्यान में रखना आवश्यक है वरना भ्रष्टाचार की एक बुराई को दूर करने के क्रम में हम समाज में दूसरी बुराइयों को जन्म देने का रास्ता प्रशस्त कर सकते हैं । इन बातों को ध्यान में रखकर शंकर राव को नौकरी पर वापस बहाल किए जाने का निर्णय लिया जाता है ।

अमरेंप्र महोदय के निर्णय की सूचना विजिलेंस विभाग को भेजी गई । विजिलेंस विभाग ने तुरंत पत्र भेजा कि अमरेंप्र अपनी निर्णय पर पुनर्विचार करें क्यों कि यह जाली दस्तावेजों के आधार पर बहाली का मामला है और दोष सही पाया गया है । अमरेंप्र महोदय ने लिखा कि शंकर राव को जिन कारणों से नौकरी पर वापस लेने का मैंने निर्णय लिया है, उसे केसफाइल में दर्ज कर दिया है । मैं अपने निर्णय पर कायम रहना चाहता हूँ ।

शंकर राव को अपने अच्छे कार्यों का फल मिला । शंकर राव दुबारा नौकरी पर वापस आ गया ।

हमारा देश बेशक प्रगति के पथ पर अग्रसर है । पर उतनी ही प्रगति के साथ भ्रष्टाचार भी बढ़ रहा है । देश में भ्रष्टाचार रोकने और मिटाने के लिए कई सरकारी विभाग हैं । फिर भी देश में भ्रष्टाचार दिन दूना रात चौगुना क्यों बढ़ता जा रहा है ? यह एक विचारणीय प्रश्न है ।

□□

सारा जहाँ हमारा

चिंतित माँ विमल से डरते-डरते दबी जुबाँ में पूछती है-बेटा, ऐसी स्थिति में कैसे परीक्षा दोगे ? इस साल के बदले अगले साल परीक्षा दे देना। विमल माँ को आश्चर्य भरी निगाहों से देखते हुए बोला-माँ, तुम क्या कह रही हो ! दो साल मैंने कड़ी मेहनत से तैयारी की है परीक्षा के लिए। फिर परीक्षा नहीं दूँगा तो पूरे एक साल लेट हो जाऊँगा।

दरअसल विमल को दो दिनों से हल्का बुखार है। कल उसकी आई. आई.टी. की प्रवेश परीक्षा है। विमल ने ग्यारहवीं एवं बारहवीं कक्षा की पढ़ाई के साथ-साथ आई.आई.टी. की परीक्षा की तैयारी बड़ी लगन एवं मेहनत से की है। विमल बहुत महत्त्वाकांक्षी छात्र है। हो भी क्यों नहीं। पिता के असमय देहांत के बाद घर की आर्थिक स्थिति अच्छी नहीं है। यदि जिंदगी सुधारनी है तो आई.आई.टी. की कठिन परीक्षा तो पास करनी ही होगी। विमल को परीक्षा देने जयपुर जाना है। वह अपनी माँ के साथ सवाईमाधोपुर में रहता है। एक माँ की इकलौती संतान वो भी बिना पिता के सहारे का। माँ की सारी दुनिया ही विमल के इर्द-गिर्द घूमती है। ऐसी माँ का चिंतित होना स्वाभाविक-सी बात है कि उसका लाड़ला परीक्षा के वक्त ही बीमार हो गया है और ऐसी ही स्थिति में उसे जयपुर जाना है, परीक्षा देने के लिए।

विमल की आश्चर्यभरी आँखें एवं उसके जवाब की दृढ़ता के बाद माँ को साहस नहीं है विमल को रोकने के लिए। माँ फिर पूछती है-कहाँ रूकोगे जयपुर में ? विमल बोलता है-रात ही तो काटनी है, रूक जाऊँगा स्टेशन के वेटिंग हाल में। अगला दिन तो परीक्षा देने में ही निकल जाएगा। बीमार बेटे के जोश के सामने एक मजबूर माँ कुछ नहीं बोल पाई, सिर्फ अंदर ही अंदर चिंता से परेशान होती रही-कैसे जाएगा, कैसे रहेगा, कहीं तबियत और न बिगड़ जाय।

माँ विमल का सामान एवं रात का खाना तैयार कर रही थी, बीच-बीच में माँ की चिन्ता शब्दों के माध्यम से उसके मुख से नसीहत बनकर निकल रही थी–ठीक से जाना, सामान के लिए चौकन्ना रहना, लोग स्टेशन या ट्रेन में सामान चोरी कर लेते हैं। पैसा पैंट की अंदर की पॉकेट में रखना नहीं तो जेबकतरा पॉकेट काट लेगा, ट्रेन में कोई कुछ भी दे तो मत खाना, लोग बेहोशी की दवा मिलाकर बेहोश कर सामान लेकर भाग जाते हैं। किसी से ज्यादा बातें मत करना, लोग बहस करते-करते झगड़ा आदि करने लगते हैं।

बिमल कोई अठारह साल का था, बच्चा ही कहा जाएगा। ज्यादा ट्रेन यात्रा का अनुभव नहीं था। इस कारण वह भी मन ही मन घबड़ा रहा था।

विमल ने जयपुर की ट्रेन पकड़ी और जयपुर के लिए रवाना हो गया। परीक्षा की वजह से ट्रेन में थोड़ी भीड़ थी। घर में माँ भगवान की तस्वीर के समक्ष विमल के ठीक से जाने और परीक्षा देकर सकुशल वापस लौटने की प्रार्थना कर रही थी।

ट्रेन जयपुर की ओर भागी जा रही थी। विमल कुछ अच्छा महसूस नहीं कर रहा था। विमल बाथरूम गया। वापस लौटा तो अपनी सीट तक पहुँचते-पहुँचते उसे चक्कर आने लगा। वह लड़खड़ा कर गिरने लगा। आसपास के दूसरे यात्री उसे पकड़ने के लिए आगे बढ़े। दो लोगों ने विमल को संभाला। यों तो बर्थ पर कई लोग बैठे थे, पर लोगों ने बर्थ खाली किया और विमल को लिटा दिया गया। सामने की बर्थ पर एक दम्पत्ति मि. एवं मिसेज मिश्रा यात्रा कर रहे थे। महिला दम्पत्ति मिसेज मिश्रा उठ खड़ी हुई, विमल का सिर छुआ और बोली बच्चे को तेज बुखार है। विमल बुरी तरह काँप रहा था, लोग कहने लगे कि लड़के को जाड़ा लग रहा है। तभी एक युवा लड़के ने कहा कि मैं एसी कोच से कंबल माँग लाता हूँ। वह एसी कोच की ओर भागा। थोड़ी देर में वह युवा लड़का वापस आया। पीछे-पीछे ए.सी. कोच अटेन्डेन्ट दो कंबल और एक तकिया लेकर आ रहा था। विमल को कम्बल ओढ़ाया गया। इसी बीच टी.टी.ई. को बुलाया गया। टी.टी.ई. ने कहा मैं कोशिश करता हूँ–शायद कोई डॉक्टर मिल जाए ट्रेन में। टी.टी.ई. अपने साथी टी.टी.ई. को जो ए.सी. कोच में कार्यरत था, संपर्क किया। इन लोगों ने आरक्षण चार्ट देखा। ए.सी. कोच में एक डॉक्टर यात्रा कर रहे थे। टी.टी.ई. महोदय ने डॉक्टर को सारी बातें बताकर मदद करने

का आग्रह किया। डॉक्टर साहब तुरंत मदद के लिए आगे आए। डॉक्टर ने विमल की जाँच की। डॉक्टर साहब के पास इमरजेन्सी किट मौजूद थी। उन्होंने कहा कमजोरी से चक्कर आ गया है। बुखार का कारण संक्रमण हो सकता है। डॉक्टर ने दवा दी तथा आश्वासन दिया कि थोड़ी देर में बुखार उतर जाएगा। डॉक्टर साहब को तब बहुत आश्चर्य हुआ जब पता चला कि विमल अकेले यात्रा कर रहा है परंतु कई सहयात्री उसकी मदद कर रहे हैं। डॉक्टर साहब ने सभी लोगों के लिए खुशियाँ जाहिर की। सामने बैठी महिला दम्पत्ति ने विमल से पूछा–बेटा कहाँ जा रहे हो ? तुम्हारे साथ कोई है या नहीं। विमल ने बताया–वह अकेले है और जयपुर जा रहा है कल आई.आई.टी. की परीक्षा है। महिला दम्पत्ति मिसेज मिश्रा ने पूछा जयपुर में कहाँ जाकर रूकोगे, कहो तो हम तुम्हें छोड़ दें क्यों कि तुम्हारी तबियत ठीक नहीं है। विमल सकुचाते हुए बोला, जयपुर में कोई पहचान का नहीं है, फिर रात बिताने की तो बात है, स्टेशन के वेटिंग हाल में गुजार लूँगा। महिला को बच्चे पर दया आ गई–सोचने लगी बच्चा बीमार है पर जिंदगी से लड़ने का साहस कितना प्रबल है, कहता है स्टेशन पर रहेगा, फिर कल पूरे दिन आई.आई.टी. की कठिन परीक्षा। महिला बोली–तुम्हें यदि हम पर विश्वास हो तो चलो हमारे घर, रात मेरे घर रहना। रात में ठीक से सोओगे नहीं तो परीक्षा कैसे दोगे, फिर तुम्हारी तबियत भी तो खराब है।

विमल असमंजस में था। घर से निकलने से पूर्व की माँ की हिदायतें उसे रह-रह कर याद आ रही थीं। सोच रहा था जाएँ या न जाएँ। परंतु उस दम्पत्ति के दबाव में उसने हामी भर दी।

विमल मिश्रा दम्पत्ति के साथ उनके घर गया। डॉ. की दवा का अच्छा असर पड़ा विमल पर। जयपुर पहुँचते-पहुँचते बुखार उतर गया। रात का खाना खाकर विमल पढ़ना चाहता था। मिसेज मिश्रा ने उसे दूध देते हुए सलाह दी कि बेटा अभी पढ़ने से अच्छा है कि रात भर ठीक से आराम कर लो ताकि कल स्वस्थ मन से परीक्षा दे सकोगे। विमल ने मिसेज मिश्रा की बात मान ली। रात को विमल को अच्छी नींद आई। सुबह जल्दी उठना था। मिसेज मिश्रा ने नाश्ता बना दिया था। मिसेज मिश्रा के कहने पर मि. मिश्रा विमल को परीक्षा केन्द्र पर छोड़ने चले गए। विमल सुबह तक काफी हल्का महसूस कर रहा था। पर कमजोरी अवश्य थी। जाने से पहले मिसेज मिश्रा

ने विमल को दवाई देते हुए याद दिलाया कि दवा अवश्य लेते रहना। दिन का खाना भी मिसेज मिश्रा ने बंद टिफिन में विमल को दे दिया।

विमल ने आई.आई.टी. की परीक्षा पास कर ली। आज वो एक बड़ी मल्टीनेशनल कंपनी में कार्य करता है। विमल हमेशा अपनी जयपुर की यात्रा को याद करता है कि लोगों का सहारा नहीं मिलता तो शायद वो आई.आई.टी. की परीक्षा नहीं दे पाता।

पाठकों से विशेष :- रेल एवं रेलवे स्टेशन सार्वजनिक स्थान है। कुछ असामाजिक तत्व इन सार्वजनिक स्थलों को अपने कुकृत्यों से कलंकित करते रहते हैं। कई पाठकों को रेल यात्रा के दौरान कुछ कटु अनुभवों से गुजरना पड़ा होगा। यह कहानी ऐसे पाठकों की रूचि की कसौटी पर खरी नहीं उतरेगी। वैसे तो यह कहानी मेरी कल्पना की उड़ान है–मन ऐसे समाज, ऐसे राष्ट्र की कल्पना करना चाहता है जहाँ सद्‌भावना हो, अपनापन हो, मानवीय मूल्यों का अहसास हम सबमें हो–जैसे सारा जहाँ अपना हो। व्यावहारिकता की कसौटी पर देखें तो भी यह कहानी अनहोनी नहीं है। हम सबमें भारतीयता है–हम सबमें भारतीय संस्कृति है। हम सब ही कभी न कभी रेल में यात्रा कर रहे होते हैं–कुछ यात्रियों के रूप में, कुछ रेल कर्मियों जैसे टी.टी.ई, या ए.सी. अटेन्डेन्ट आदि के रूप में। इस तरह भारतीय रेल के डिब्बे में पूरी भारतीय संस्कृति समाहित रहती है। ऐसे में इस कहानी की परिकल्पना सिर्फ कोरी कल्पना नहीं हो सकती।

□□

भीड़

रमेश की उम्र कोई 8-9 साल होगी । अपने माता-पिता का इकलौता लाड़ला है । उसका पिता रामू एक गरीब किसान है जो खेती-बाड़ी करके किसी तरह परिवार का भरण-पोषण करता है ।

बचपन के दिन भी कितने खुशनुमा होते हैं । न कोई चिन्ता न कोई गम । न तो वर्तमान की परेशानी न ही भविष्य की योजना । अल्हड़ता से सराबोर जिन्दगी में खेलने और मस्ती करने के सिवा कुछ नहीं होता है। रमेश भी अपने साथी बच्चों के साथ खूब धमाचौकड़ी करता है। पिता रामू की इच्छा है कि रमेश पढ़ लिख कर शहर जाय और नौकरी करे। इसीलिए रमेश को पाठशाला पढ़ाई करने भेजा जाता है। पर रमेश की दुनिया ही अलग है। पढ़ाई या गुरूजी किसी की उसे परवाह नहीं है। स्कूल से भाग कर दोस्तों के साथ कभी गन्ने के खेत में जाना, कभी नहर पर जाकर पानी में डुबकी लगाना तो कभी धूल मिट्टी में लोट-पोट कर खेलना । जब गुरूजी ज्यादा परेशान होते हैं तो उसके पिता तक शिकायत पहुँचाते हैं । शिकायत मिलने पर रामू खूब नाराज होते हैं और गुस्से में बुलाकर पूछते हैं—स्कूल से क्यों भाग गया, सबक क्यों नहीं पूरा किया । अपने माता-पिता का इकलौता होने के कारण रमेश बहुत निर्भीक भी है। जवाब देता है कि बापू पढ़-लिख कर क्या करूँगा । खेलूँगा—दौडूँगा तो ताकतवर बनूँगा । ताकत होगी तभी तो बड़े होकर आप के साथ खेत पर काम कर सकूंगा । रामू उसे गुस्से से समझाने की कोशिश करते कि वह उसे पढ़ा-लिखा कर बड़ा आदमी बनाना चाहते हैं ताकि वो शहर जाकर अच्छी नौकरी कर सके और बड़े होकर उसे खेती नहीं करना पड़े । शहर जाने की बात पर रमेश रूआंशा होकर बोलता है कि मैं तुम लोगों को छोड़कर शहर नहीं जाऊँगा । मुझे यहीं रहना है । खेती बाड़ी ही करना है पर तुम्हारे साथ ही रहना है । छोटे मुँह से ऐसी प्यार भरी बातें सुनकर रामू का गुस्सा प्यार

में बदल जाता है और रामू रमेश को गले लगा लेता है।

एक बार रामू को लखनऊ जाना था। ट्रेन पकड़ने के लिए उसे नजदीक के रेलवे स्टेशन वाराणसी आकर ट्रेन पकड़नी थी। रमेश को भी अपने पिता के साथ जाना था। रामू ने पहले कोई एक या दो बार रेलगाड़ी की यात्रा की थी। रमेश ने कभी रेलगाड़ी की यात्रा नहीं की थी। सो रमेश बहुत खुश था कि उसे रेलगाड़ी पर चढ़ना है। रामू रमेश के साथ वाराणसी स्टेशन आया। स्टेशन पर बड़ी भीड़ थी। भीड़ देखते ही रमेश सहमने लगा। एक साथ इतने लोग उसने कभी देखे न थे। गाँव में तो बस खेत ही खेत होते हैं। भीड़ में कहीं भटक जाने के डर से उसने अपने पिता का हाथ जोर से पकड़ रखा था। टिकट खिड़की पर लंबी कतार थी। रामू को समझ में नहीं आ रहा था कि कौन सी ट्रेन का टिकट लें और किस लाइन में लगें। उसने कई लोगों से पूछना चाहा पर सब तो इधर से उधर भागने में लगे थे। रमेश बापू की परेशानी को कातर निगाहों से बस निहार रहा था। गाँव में सभी बच्चों पर हेकड़ी दिखाने वाला रमेश आज डरा सहमा-सा था।

किसी कुली की सलाह पर रामू एक टिकट खिड़की की लाइन में खड़ा हो गया। लाइन काफी लंबी होने के कारण बहुत देर के बाद वह खिड़की के करीब पहुँचा। करीब पहुँचते ही धक्का-मुक्की बढ़ गई। रमेश जोर से अपने पिता की उंगली पकड़े खड़ा था। बड़ी कशमकश के बाद रामू ने टिकट खरीदी और प्लेटफार्म पर ट्रेन का इंतिजार करने लगा। प्लेटफार्म पर भी बड़ी भीड़ थी। गाड़ी प्लेटफार्म पर आते ही ट्रेन में चढ़ने के लिए धक्का-मुक्की होने लगी। रामू ने देखा कि सामने वाले डिब्बे में बहुत कम लोग लोग चढ़ रहे हैं तो उसने सोचा कि इसी में चढ़ लिया जाय। रमेश ने देखा कि डिब्बे में सुंदर पर्दे लगे हैं। गद्देदार सीटों पर लोग आराम से बैठे हैं। डिब्बे में घुसते ही काली वर्दी वाले टी.टी. ने दहाड़ा—कहाँ चले आ रहे हो यह ए.सी. कोच है, टिकट दिखाओ। उसने टिकट दिखाया तो टी.टी. झिड़क कर बोला—जनरल डिब्बे में जाओ। अनारक्षित डिब्बा एसी कोच की बगल में लगा था। गाड़ी में चढ़ने वालों की भीड़ लगी थी। रामू भी रमेश का हाथ थामे डिब्बे में घुसने की कोशिश करने लगा। इस जद्दोजहद में रमेश बुरी तरह परेशान हो गया और रोने लगा। बड़ी मुश्किल से दोनों किसी तरह डिब्बे में घुसे।

डिब्बे के भीतर भीड़ इतनी थी कि कहीं बैठने की कोई जगह नहीं थी। दोनों खड़े-खड़े ही यात्रा कर रहे थे। रमेश बड़ी कातर नजरों से कभी भीड़ को और कभी अपने पिता को देखता। उसकी बालसुलभ चपलता पूरी तरह गायब हो गयी थी और परेशानी की झलक उसके चेहरे पर स्पष्ट दिख रही थी।

लखनऊ की यात्रा के बाद दोनों बाप बेटे गाँव वापस आ गए। पूरी यात्रा में रमेश ज्यादातर गुमसुम ही बना रहा। गाँव पहुँचकर भी रमेश गुमसुम बना रहा।

अगले दिन गुरूजी ने देखा रमेश समय से स्कूल में उपस्थित था। पिछले कई दिन अनुपस्थित रहने के कारण गुरूजी ने एक दूसरे बच्चे की कापी से पाठ याद करने के लिए रमेश को क्लास के बाहर बरामदे पर भेजा तथा साथ में सख्त हिदायत दी कि कहीं भाग न जाए। रमेश 10-15 मिनट बाद वापस क्लास में आया। गुरूजी ने झिड़की दी—क्या पाठ कठिन है याद नहीं हो रहा है। रमेश ने शांत स्वर में जवाब दिया गुरूजी पाठ याद हो गया और उसने सारा पाठ गुरूजी को सुना डाला। गुरूजी को बड़ा सुखद आश्चर्य हो रहा था। आज वो पूरे दिन क्लास में रहा तथा एक अच्छे छात्र की तरह मन लगाकर पढ़ा।

छुट्टी के बाद रमेश घर पहुँचा और अपने पिता के पास जाकर बोला—बापू मैं भी मन लगाकर पढ़ूँगा, एसी कोच में यात्रा करूँगा। तुमको खेती मजदूरी नहीं करने दूँगा। तुम्हें भीड़ वाले जनरल डिब्बे के अन्दर नहीं जाने दूँगा। रामू रमेश की बातें सुनकर जैसे पिघल-सा गया। उसने रमेश को गले लगा लिया। सच में कभी-कभी जिन्दगी की कोई घटना मन मस्तिष्क पर गहरा असर डालती है। रेल की भीड़ ने रमेश के कोमल मन पर गहरा असर डाला था।

□□

प्रयोगशाला

मैं ट्रैवलिंग टिकट एग्जामिनर (टी.टी.ई.) के पद पर रेल विभाग में कार्यरत हूँ। पढ़ने-लिखने में औसत हुआ करता था। परंतु मुझे महापुरूषों की जीवनी पढ़ने का बड़ा शौक था। पता नहीं महान व्यक्तियों की जीवनी की प्रेरणा थी या प्रकृति प्रदत्त मेरा अपना स्वभाव–सिद्धांतों और उसूलों को मैं बहुत महत्त्व देता था। मेरे सगे-संबंधियों एवं मित्रगणों के परिवारों में कई लोग ऐसे थे जो रेल विभाग में विभिन्न पदों पर नौकरी करते थे। मुझे याद है–रेलवे भर्ती बोर्ड द्वारा टी.टी.ई. पदों के लिए आवेदन मँगाए गए। वैसे तो सरकारी नौकरी की इच्छा तो सबको ही होती है उसमें भी रेल विभाग का विशेष आकर्षण होता है, पूरे भारत देश में कहीं भी सपरिवार जाने के लिए फ्री पास जो मिलता है। और रेल विभाग में टी.टी.ई. का पद मिले तो किसी का भी मन ललचा सकता है। रेलवे भर्ती बोर्ड की यह सूचना जैसे जंगल में आग की तरह फैली। मेरी जानकारी एवं पहचान के जो भी लड़के इस पद की योग्यता रखते थे, सबने बड़ी खुशी और दिली इच्छा से आवेदन भरा। मेरे पिताजी को भी इसकी सूचना मिली। उन्होंने बड़े खुश होकर मुझे यह बात बताई और आवेदन भरने को कहा। जब मैंने उन्हें यह बताया कि मुझे इस बात की सूचना है पर मैं टी.टी.ई. की नौकरी नहीं करना चाहता इसलिए मैं आवेदन नहीं भरूंगा, तो मेरे पिताजी नाराज होने लगे कि एक तो सरकारी नौकरी, वो भी टी.टी.ई. की और मैंने आवेदन नहीं भरने की ठान रखी है। उन्होंने कई लड़कों के नाम गिनाए जिन्होंने आवेदन भरा था। परंतु वे मेरे सिद्धांतवादी स्वभाव से परिचित थे, इसलिए ज्यादा बहस नहीं करते हुए समझाया कि आवेदन भर दो, यदि परीक्षा में पास हो गए तो उस वक्त निर्णय लेना कि नौकरी करनी है या नहीं करनी है। पिताजी के दबाव में मैंने आवेदन भर दिया। परीक्षा हुई और मेरा चयन टी.टी.ई. के पद के लिए हो गया। पर

मैंने ठान रखी थी कि मैं नौकरी नहीं करूंगा । पिताजी को परिणाम से जितनी खुशी हुई थी, मेरी जिद ने उन्हें उतना ही दुःखी कर दिया । खूब आग बबूला हुए, खूब भला बुरा कहा मुझे । जो लोग भी मुझे मेरे चयन पर बधाई देने आते, सबको पिताजी कहते कि यह एक ऐसा बेवकूफ है जो टी.टी.ई. की नौकरी को मना कर रहा है । लोगों को भी आश्चर्य होता मेरी बातों पर । अंत में पिताजी ने मेरे दादाजी को कहा कि वे मुझे समझाएं । मेरे दादाजी भी गांधीवादी विचार के सिद्वांतवादी व्यक्ति थे । सभी उनकी बड़ी इज्जत किया करते थे । उन्होंने मुझे बुलाया और नौकरी नहीं करने का कारण पूछा । मैंने उन्हें बताया कि टी.टी.ई. की नौकरी में मुझे वो सब करना पड़ेगा जो मुझे पसंद नहीं है, जो मेरे सिद्वांतवादी विचार के खिलाफ होगा । दादाजी ने समझाया कि नौकरी या पद खराब नहीं होता, हम उस पद को खराब कर देते हैं । हम अपनी गलत हरकतों से पद की गरिमा कम कर देते हैं । यह तो तुम पर निर्भर करता है कि तुम किस तरह नौकरी करते हो । सरकारी नौकरी करना देश का काम करने जैसा होता है बल्कि मैं तो ये कहूँगा कि आज जरूरत है कि तुम्हारे जैसे सिद्वांतवादी युवा इस पद पर नौकरी करें और ज्यादा से ज्यादा लोगों की मदद करें । तुम्हें नौकरी करनी चाहिए और नौकरी तुम्हें अपने सिद्वान्तों एवं उसूलों के आधार पर करनी चाहिए । दादाजी की बातें मुझे अच्छी लगी, मैंने नौकरी ज्वाइन कर ली, साथ में मन ही मन प्रण लिया कि कभी कोई गलत काम नहीं करूँगा, जहाँ तक सम्भव होगा लोगों की मदद करूँगा ।

परंतु कहते हैं न कि हम जिस पद्धति, जिस समुदाय का हिस्सा होते हैं, उसी के हिसाब से चलना पड़ता है या ये कहें कि उसी के हिसाब से चलना आसान होता है । उसके विपरीत चलने में कठिनाई होती है । खेद के साथ लिखना पड़ता है कि भारत देश के सरकारी पदों पर, सरकारी विभागों में भ्रष्टाचार और घूसखोरी का बुरा माहौल बन चुका है । लोगों की नजर में टी. टी.ई. का कार्यक्षेत्र भी बदनाम विभागों की गिनती में आता है । इस पद पर सिद्वान्तों एवं उसूलों के आधार पर कार्य करना जैसे एक प्रयोग ही है । इस पद पर कार्य करते-करते मेरी जिंदगी एक प्रयोग बन गई है और मेरा रेल विभाग एक प्रयोगशाला ।

ट्रेनिंग के दिनों की यादें अभी भी मेरे जेहन में ताजा हैं । ट्रेनिंग करने

आए सभी युवा बहुत खुश नजर आते थे। सबमें पैसा कमाने की धुन थी। उनके वार्तालाप में ज्यादातर इन्हीं बातों की चर्चा होती कि ऊपरी कमाई कैसे की जाती है। प्रशिक्षुओं के बीच एक शब्द बड़ा ही प्रचलित था–मोटी चमड़ी। टी.टी.ई. की नौकरी में चमड़ी मोटी रखनी चाहिए। इस कहावत का अर्थ था कि ड्यूटी करते वक्त कोई अनाप-शनाप बोल दे तो चमड़ी मोटी कर लो यानी दिल से न लगाओ और खुद भी लोगों से दो टूक बात करने की आदत डाल लो। उनकी चर्चाओं के बीच जब मैं अपनी बात रखता तो पहले तो वे सब एक दूसरे को देख मुस्कुराते–जैसे कि मैं कोई बेवकूफी की बातें करता हूँ। धीरे-धीरे मैं उनके बीच मखौल का पात्र बन गया। बाद में तो मैं उनके बीच रहूँ या न रहूँ सब मेरी बात कर, मेरा मजाक बनाकर खिल्ली उड़ाते। मुझे इस पर बड़ा दुःख होता, मुझे लगता कि मैं सचमुच इस नौकरी के लायक नहीं हूँ, मेरे विचार अलग हैं, मैं यह नौकरी नहीं कर पाऊँगा। मैं अपने दादाजी को फोन लगाकर उनसे मन की स्थिति बताता। दादाजी कहते कि तुमने गांधीजी के बारे में तो पढ़ा ही है, वे भी जमाने से हटकर सोचते थे, सब उन्हें भी बेवकूफ ही समझते थे, उनका मजाक उड़ाते थे, परंतु उन्होंने खुद पर विश्वास बनाए रखा, उन्होंने किसी की परवाह नहीं की और आगे बढ़ते गए। जमाने से अलग चलने में बाधाएं हैं। पर याद रखो कि कमल कीचड़ में ही खिलता है, हीरा कोयले की खान में ही मिलता है। दादाजी की प्रेरणा भरी बातें मुझे आत्मबल देती। मेरी ट्रेनिंग पूरी हो गई।

मेरी रेल सेवा शुरू हुई। मैं टी.टी.ई. के पद पर ट्रेन में अपनी सेवाएं देने लगा। जब भीड़ का समय आता तो मुझे दुःख होता क्योंकि वेटिंग लिस्ट यात्रियों को ट्रेन में जगह नहीं मिल पाती। लोग अपनी-अपनी समस्या बताकर आग्रह करते पर ट्रेन पूरी तरह भरी होती और मैं लोगों की मदद नहीं कर सकता। परंतु कभी-कभी मुझे बहुत गुस्सा आता जब लोग मुझसे अतिरिक्त पैसा देने की बात करते और बर्थ देने को कहते। गुस्से में मैं उन पर नाराज हो जाता। मेरी नाराजगी का खामियाजा कभी-कभी मुझे भी भुगतना पड़ता जब कोई-कोई यात्री उल्टे मुझे और टी.टी.ई. वर्ग को ही घूसखोर कह डालते। मेरा तो मूड ही खराब हो जाता, जैसे दिल पूरी तरह आहत हो जाता कि किसी ने मुझे घूसखोर कह दिया। एक दिन मैंने दादाजी को यह बात बताई, उन्होंने मुझे एक प्रयोग करने की सलाह दी, बोले–यदि

तुम्हें कोई अतिरिक्त पैसे देने की बात करते हुए बर्थ की माँग करे, और यदि तुम्हारे पास बर्थ हो तो तुम बिना नाराज हुए, उसे बर्थ दो, उससे उचित पैसे ही लो । देखो तुम्हें क्या अनुभव होता है ।

अगली ट्रिप पर मैंने दादाजी के बताए प्रयोग को आजमाया । एक बुजुर्ग व्यक्ति 45-50 की उम्र के थे । उन्होंने कहा कि मुझे जरूरी कार्यवश जाना है, मैं आरक्षण नहीं ले पाया हूँ, मेरे पास सिर्फ प्लेटफार्म टिकट है फिर धीरे से कहा कि जो भी एक्सट्रा पैसा हो, ले लीजिए और एक बर्थ दे दीजिए । मैं उस व्यक्ति से आदरपूर्वक व्यवहार करते हुए उसकी टिकट बनाकर रसीद दी, रसीद 550/- रूपये की थी, उन्होंने मुझे 1000/- का नोट निकाल कर दिया । मैंने उन्हें 450/- रूपये वापस कर दिए । उस व्यक्ति ने रूपये गिने और सिर उठाकर मुझसे बोले–आपने तो पूरे पैसे वापस कर दिए, अपने लिए तो कुछ रखा ही नहीं । मैंने मुस्कुराते हुए कहा कि मैं सरकारी नौकर हूँ, मेरी नौकरी के बदले सरकार मुझे तनख्वाह देती है । मेरे पास बर्थ थी तो मैंने आपको दे दिया । यह तो मेरी ड्यूटी है । उस व्यक्ति ने आश्चर्य भरी निगाहों से मुझे देखते हुए कहा–मैं एक व्यापारी हूँ । अक्सर ऐसा मौका आता है कि मुझे अचानक यात्रा करने की जरूरत पड़ती है । परंतु ट्रेन में तुरंत टिकट भी नहीं मिलती है, वेटिंग लिस्ट का टिकट मिलता है जो ज्यादातर वेटिंग लिस्ट ही रह जाता है । इसलिए मैं तो ज्यादातर टिकट बिना लिए ही चलता हूँ, अतिरिक्त पैसा देता हूँ, पर बर्थ मिल जाती है । जिंदगी में आज पहली बार आप को देख रहा हूँ जिन्होंने बिना अतिरिक्त पैसे लिए बर्थ दिया है । आप अभी युवा हैं, अपनी सोच को ऐसे ही बनाए रखिए, भगवान आपको खुशियाँ दे । उनकी बातों से मुझे बड़ी खुशी का अहसास हुआ । मैंने मन ही मन दादा जी को धन्यवाद दिया ।

धीरे-धीरे मैंने अपना मन सर्विस में लगाना शुरू किया । मैंने सोचा जब नौकरी करनी है तो खुशी-खुशी करनी चाहिए । भले ही यह नौकरी मेरे मन के लायक नहीं है पर मैं इस नौकरी में खुशी ढूँढ़ने की कोशिश करूँगा । मैंने अपने उसूल बना लिए कि यात्रियों से आदरभाव से पेश आऊँगा । यात्रियों से ठीक से पेश आने का मेरा तरीका वैसे तो बहुत कारगर साबित हुआ पर अक्सर कुछ दबंग लोग कटु बोलने से नहीं चूकते जब उन्हें मैं बर्थ नहीं दे पाता । उस वक्त जब मोटी चमड़ी वाली बात मेरे काम आती, मैं इन घटनाओं

को अपनी सर्विस का एक आवश्यक पहलू मानकर दिल से नहीं लगाता। अक्सर भीड़ में लोग मेरे पीछे पड़ते, बर्थ देने की मिन्नतें करते, यदि बर्थ होती तो मैं उन्हें देता नहीं होता तो चार्ट दिखाकर उन्हें संतुष्ट करने की कोशिश करता कि गाड़ी में जगह नहीं होने के कारण मैं उनकी मदद नहीं कर पा रहा हूँ।

मेरी नौकरी नई-नई थी, मैं युवा था। मेरे मन में कौतूहल होता था यह जानने का कि दूसरे सीनियर लोग किस प्रकार अपनी रेल सेवा करते हैं! उनकी घरेलू जिंदगी क्या होती है! उत्सुकतावश मैं अपने साथी टी.टी.ई. के क्रिया-कलापों को देखा करता था।

एक बड़े सीनियर टी.टी.ई. थे रामबाबू। लोग बताते थे कि उन्होंने अच्छा पैसा कमाया है। मेरे घर से थोड़ी ही दूर रहते थे। एक बार मेरी और उनकी ड्यूटी एक ही ट्रेन में थी, दिन में 11 बजे ट्रेन थी। कुछ जरूरी कार्यवश मैंने उन्हें सुबह 8 बजे फोन लगाया, पता चला पूजा कर रहे हैं, मैंने फिर 8-30 बजे फोन किया पता चला अभी भी पूजा पर बैठे हैं। मैंने 9-00 बजे फोन किया तो उनकी पत्नी ने बताया उन्हें ढाई-तीन घंटे लगते हैं पूजा करने में, 10 से 10-30 के बीच पूजा खत्म होगी। 10-30 बजे उनसे बातें हुई हम लोग साथ-साथ स्टेशन गए। रास्ते में उन्होंने बताया कि वे हर दिन तीन घंटे पूजा अवश्य करते हैं। उस दिन ट्रेन में भीड़ थी, ट्रेन में जाते ही रामबाबू ने अच्छी कमाई की। मुझे दादाजी की बात याद आई। इंसान दो जगहों पर अपने खुद को देखता है—एक दर्पण के सामने अपनी भौतिक आँखों से, दूसरा भगवान के सामने अपनी नैतिक आँखों से। मैं सोचने लगा कि रामबाबू रोज तीन घंटे की पूजा तो करते हैं पर उनके पास नैतिकता की वो आँखें नहीं हैं जिससे वे खुद को देख सकें।

एक बार मैं अपनी व्यक्तिगत यात्रा पर ट्रेन में सफर कर रहा था। ट्रेन एक स्टेशन पर रूकी, मैं भी डिब्बे से बाहर निकला। डिब्बे के बाहर मेरे डिब्बे के टी.टी.ई. खड़े थे। एक युवा लड़का अपने साथी के साथ आया और टी.टी.ई. को सर, सर का सम्बोधन करते हुए पूरा आदर सम्मान देते हुए दो बर्थ की माँग कर रहा था। जब ट्रेन चलने को हुई तो मैं अपने डिब्बे में वापस आ गया। मैंने देखा वे दोनों युवा बाथरूम के पास खड़े थे और बातें कर रहे थे। जो युवा कुछ देर पूर्व टी.टी.ई. के लिए सर का सम्बोधन कर

रहा था, वही अब उन्हें गाली जैसे शब्दों का इस्तेमाल कर अपने साथी से बोल रहा था कि उसे प्रति बर्थ 500/– रूपये अतिरिक्त देने पड़े। मुझे बड़ा दुःख हुआ कि कैसे लोग दोहरे चेहरे वाले हो जाते हैं, सामने तो आदर से बात करते हैं और पीठ पीछे गालियाँ देते हैं। मुझे अपने टी.टी.ई. वर्ग के लोगों के लिए भी तरस आने जैसी भावना का अहसास होने लगा कि समाज के लोगों में टी.टी.ई. के लिए वास्तविक सोच कितने नीचे स्तर की है।

टी.टी.ई. को ट्रेन में रेल सेवा के दौरान खाली वक्त बहुत मिलता है। ऐसे में टी.टी.ई. लोग कहीं एक जगह मिल–बैठकर बातें करते हैं। कई बार मैंने पाया कि एसी प्रथम श्रेणी के खाली कूपे में कई टी.टी.ई. मिलकर शराब पीने का लुत्फ उठाते हैं। लोग मुझे भी बुलाते हैं। मेरे दादाजी कहते हैं कि इंसान को चाहिए कि अपनी कमाई से यथासंभव कुछ पैसा दूसरों की मदद के लिए बचाना चाहिए। मैंने अपना उसूल बनाया था कि किसी प्रकार के व्यसन–शराब, सिगरेट आदि को हाथ नहीं लगाऊँगा, इसके बदले कुछ पैसा बचाऊँगा लोगों की मदद के लिए।

मुझे रेल सेवा करते–करते कई वर्ष हो गए। मुझे अब टी.टी.ई. के पद पर रेल सेवा में आनंद आने लगा है। शुरू–शुरू में तो सचमुच मैं बहुत परेशान था, सोचता था नौकरी ही छोड़ दूँ। यात्रियों के कटुता भरे शब्द मुझे खराब लगते। मैं भी झल्ला जाता। परंतु दादाजी की बातों एवं सुझाव ने मुझे सही रास्ता दिखाया, अब मैं खुश होकर नौकरी करता हूँ। यात्रियों की भी मदद करने एवं खुश करने की कोशिश करता हूँ। लोगों की मेरे लिए सुखद एवं आश्चर्य भरी निगाहें, लोगों का मेरे प्रति कृतज्ञता का उद्‌गार, लोगों के द्वारा मेरे लिए बोले गए आत्मीयता के शब्द यही मेरे पुरस्कार हैं। एक बार एक व्यक्ति मेरे व्यवहार से इतने खुश हुए कि उन्होंने मेरी प्रशंसा में एक पत्र मेरे अधिकारियों को लिखा। इस पर मेरा नाम महाप्रबंधक पुरस्कार के लिए चयनित किया गया। इसके बाद तो मेरी छवि जैसे चमक गई। अधिकारियों के बीच मेरी अपनी एक साफ–सुथरी छवि है।

मैं अपनी ड्यूटी पर था। मेरी ट्रेन कानपुर रूकी। जैसे ही गाड़ी खुली, एक युवा लड़की चिल्लाने लगी मेरा सामान नहीं है, कोई मेरा सामान लेकर भाग गया है। वैसे तो वह लड़की मेरे कोच में नहीं थी, पर इत्तिफाक से मैं उस कोच से गुजर रहा था। लड़की लगभग रो रही थी और लोग तरह–तरह

की बातें उससे पूछ रहे थे । मुझे किसी घटना का आभास हुआ तो मैं वहीं रूक गया और पूछने लगा । वहाँ बैठे लोगों ने जैसे घूरकर मुझे देखा । एक व्यक्ति बोल पड़ा जब आप लोग मदद नहीं कर सकते हो तो पूछते क्यों हो ! मुझे अटपटा-सा लगा कि लोग ऐसा क्यों कह रहे हैं ? मैंने पूछा कि जब तक आप लोग बताएंगे नहीं तो मैं क्या मदद कर सकता हूँ । वह व्यक्ति फिर बोला–आपके साथी टी.टी.ई. को बुलाकर बताया तो था, उन्होंने पूरी बात तक नहीं सुनी, कहा मैं क्या कर सकता हूँ, आप पुलिस में रपट लिखवाइए, यह काम पुलिस का है, मेरा नहीं । मुझे अब बातें समझ में आई कि लोग मुझसे इतना नाराज क्यों हो रहे हैं ? मैंने बड़ी शांति के साथ उन्हें समझाने की कोशिश की कि मेरे साथी टी.टी.ई. ने गलत नहीं कहा, टी.टी.ई. लोग इस मामले में टी.टी.ई. की हैसियत से कुछ नहीं कर सकते पर आप हमें बताइए, शायद इंसानियत के नाते मैं आपकी कुछ मदद कर सकूं तो कोशिश करूँगा । युवा लड़की किसी संभ्रान्त परिवार की थी एवं अकेली यात्रा कर रही थी । वह लड़की दिल्ली जा रही थी, उसका इन्टरव्यू था दिल्ली में । लड़की बोली–उसके सूटकेस में उसका सर्टीफिकेट एवं इन्टरव्यू का काल लेटर भी था, सभी सूटकेस के साथ चला गया । लड़की के पास सिर्फ उसका वैनिटी बैग रह गया था, जिसमें थोड़े से पैसे थे । ज्यादा पैसा तो सूटकेस में ही था । लोग लड़की से पूछ रहे थे, दिलासा दे रहे थे पर चलती ट्रेन में कोई कुछ भी नहीं कर पा रहा था, वैसे लोग कर भी क्या सकते थे ।

बलदेव मेरा साथी है । वह रेलवे प्रोटेक्शन फोर्स में है । मेरी उससे बहुत बनती है । वह भी मेरी तरह सिद्धांतों के साथ जिंदगी जीने में विश्वास करता है । शायद यही कारण है कि हम दोनों अच्छे दोस्त हैं । बलदेव भी रेल सेवा के दौरान लोगों की खूब मदद करता है । मेरी तरह उसके पास भी रेल सेवा के कई अनूठे-अटपटे अनुभव हैं । मैंने बलदेव को फोन किया इत्तिफाक की बात, वह उस वक्त कानपुर स्टेशन पर ही ड्यूटी पर था । मैंने उसे उस युवा लड़की के सूटकेस चोरी होने की बात बताई । बलदेव ने सूटकेस के रंग, डिजाइन, साइज आदि के बारे में पूछा । मैंने उस लड़की से सूटकेस का सारा विवरण लेकर बलदेव को बताया । मैंने उस लड़की को अलग से बुलाकर उसे सांत्वना देते हुए कहा कि आपके पास टिकट है या वह भी सूटकेस के साथ चला गया । लड़की ने बताया कि उसका टिकट भी सूटकेस के साथ

चला गया। मैंने कहा–मैं तो अलीगढ़ स्टेशन पर उतर जाऊँगा, फिर आपके कोच का टी.टी.ई. भी कोई अन्य व्यक्ति है। उचित होगा कि आप टिकट बनवा लें नहीं तो कोई भी आपको परेशान कर सकता है। कानपुर से दिल्ली तक का टिकट कोई 1200/- रूपये का था। लड़की के पर्स में इतने पैसे नहीं थे। मैंने कहा आप चिन्ता मत करिए मैं अपने पैसे से टिकट बना देता हूँ आप घर पहुँच कर मुझे पैसे भेज दीजिएगा। लड़की ने अपना नाम सुधा बताया और बोली दिल्ली रेलवे स्टेशन पर उसके मामा उसे लेने आएंगे।

करीब एक-डेढ़ घंटे बाद बलदेव ने फोन किया कि सूटकेस बरामद कर लिया गया है। मैंने सुधा को जब ये बात बताई, तो उसे विश्वास नहीं हो रहा था, वह खुश होकर बोली–मेरी सबसे बड़ी चिन्ता थी कि मैं सर्टीफिकेट एवं इन्टरव्यू के काल लेटर के बिना इन्टरव्यू कैसे दे पाऊँगी। सुधा ने पूछा–पर मुझे सूटकेस मिलेगा कैसे ? मेरे तथा बलदेव के प्रयास से सुधा को दिल्ली में सूटकेस प्राप्त हो गया।

कुछ दिनों बाद एक लिफाफा मुझे प्राप्त हुआ। खोलकर देखा तो एक राखी अंदर पड़ी थी, साथ में एक पत्र भी था -

आदरणीय भाई साहब,

मैं सुधा हूँ। मैंने इन्टरव्यू पास कर लिया है, मुझे जॉब भी मिल गया है, दिल्ली में ही। पर ये जॉब आपका ही दिया हुआ है, क्योंकि आपके कारण ही मैं इन्टरव्यू दे पाई हूँ। आपके जैसे लोग अपने देश में कम ही बचे हैं जो अजनबी की इस तरह मदद करें जैसा आपने मुझे किया है। शायद ईश्वर को मुझे आपसे मिलवाना था इसलिए मेरा सूटकेस चोरी हुआ। 1200/- रूपये का चैक भेज रही हूँ–धन्यवाद के साथ। और हाँ, रक्षाबंधन आने वाला है, एक राखी भी भेज रही हूँ मेरी ओर से आपके लिए।

आपकी बहन

सुधा

सुधा का वह पत्र एवं उसकी राखी आज भी मेरे पास है। रेल सेवा के मेरे प्रयोग का शायद यह सबसे सुंदर परिणाम है, जिसकी प्रेरणा से प्रेरित होकर मैंने रेल सेवा के अपने अनूठे अनुभवों को कलमबद्ध किया है। सुधा अब तो एक मल्टीनेशनल कम्पनी में ऊँचे पद पर चली गई है, उसकी शादी भी हो गई है। आज भी अक्सर उसके फोन आते हैं। हम भाई-बहन का

रिश्ता आज भी कायम है ।

मेरे दादाजी ठीक कहते थे–सरकारी नौकरी देश का काम करने जैसा होता है और लगन एवं ईमानदारी से सरकारी सेवा करना देशभक्ति होती है । आज मुझे संतोष है, गर्व भी है कि मैं सरकारी सेवा में हूँ और टी.टी.ई. के पद पर कार्य करता हूँ । इस पद पर रहते हुए विभिन्न स्थानों, विभिन्न स्तरों, विभिन्न भाषाओं, प्रान्तों एवं समुदायों आदि के लोगों से मिलना होता है । ऐसे अनेक अवसर आते हैं जब हम दूसरों की मदद कर सकते हैं और मदद करना तो भगवान की पूजा करने के समान है ।

□□

सूना आँचल

हिन्दी शब्दकोष में कुछ ही ऐसे शब्द हैं जो भारतीय संस्कृति की कोमल भावनाओं को गहराई से प्रदर्शित करते हैं । इन्हीं कुछ शब्दों में एक शब्द है–आँचल । आँचल प्रतीक है–ममता का, प्रेम का, वात्सल्यता का, मर्यादा का । आँचल शब्द में निहित भावना भारतीय संस्कृति की उस विशाल भावना को इंगित करता है जिसकी प्रेरणा स्त्रियों को गरिमा एवं आदर प्रदान करता है ।

परन्तु इसका दूसरा पहलू भी है । यदि गोद सूनी हो, आँचल खाली हो, तो दाम्पत्य अतृप्त जीवन जीने को मजबूर हो जाता है । अनिल और उमा ऐसे ही अतृप्त एवं दु:खी जीवन जीने को मजबूर हैं ।

अनिल और उमा दिल्ली में रहते हैं । अनिल किसी कंपनी में ऊँचे पद पर है, कमाई अच्छी खासी है । उमा भी काफी पढ़ी–लिखी है । शादी के बाद के दिन कितने खुशियों भरे थे । सिनेमा, शॉपिंग, पार्टी आदि में जैसे जिंदगी भागी जा रही थी । पर धीरे-धीरे सब कुछ समाप्त हो गया । आज दस साल शादी के बाद भी उमा की गोद सूनी है । अब तो सिनेमा या शॉपिंग मॉल एकदम बेकार बेगाना–सा लगता है । अनिल उमा से कहता कि घर में पड़े रहने से अच्छा है कि लोगों से मिलो–जुलो । पर उमा को किसी से मिलना जुलना अच्छा नहीं लगता । कभी किसी पार्टी में मजबूरीवश जाना भी पड़ा तो उमा ज्यादातर गुमसुम ही रहती । दूसरी स्त्रियों को उनके बच्चों के साथ देखती तो खुद की तकदीर को कोसती । पर इन सबसे बढ़कर उसे साथी स्त्रियों की तरस एवं घृणा से भरी निगाहों का सामना करने में सबसे ज्यादा परेशानी होती थी । अनिल को उमा की उदासी देखकर बड़ी तकलीफ होती थी ।

अनिल का तबादला कानपुर हो गया है। उमा को इस तबादले की सूचना

से एक विचित्र प्रकार की खुशी का अहसास होता है । उमा का छोटा भाई अनुज लखनऊ में रहता है । अनुज को करीब 9-10 माह का बेटा है । उमा सोचती है कि कानपुर से लखनऊ नजदीक है, वो बराबर लखनऊ जाया करेगी और अनुज के बच्चे को प्यार करेगी । उमा को लगता है शायद इससे उसके जीवन की उदासी कम हो जाएगी ।

कानपुर पहुँचकर उमा ने अनुज को फोन किया । अनुज ने भी दीदी को जल्दी एक बार लखनऊ आने को कहा । उमा भी अपने आप को जरूरत से ज्यादा उतावली महसूस कर रही थी कि जल्द से जल्द लखनऊ जाकर अनुज के बेटे को प्यार से गोद में ले ले । सच है कि कभी कभी विवशता में आदमी अपनी समस्याओं का हल कहीं भी ढूँढ़ने लगता है ।

उमा ने जल्दी-जल्दी कानपुर के अपने नए आवास में सामान आदि जमाया । फिर एक सप्ताह भी नहीं बीता कि उमा अनिल से लखनऊ जाने की जिद करने लगी । अनिल ने उसे समझाना चाहा कि इतनी जल्दी जाने से अनुज और उसकी पत्नी क्या सोचेंगे कि तुम उनके यहाँ जाने के लिए कितनी उतावली हो । फिर अनुज की सास भी अभी अनुज के यहाँ आई हुई है । परन्तु उमा ने अनुज के बच्चे से मिलने की जिद ठान रखी थी । अनिल को उमा के उतावलेपन पर तरस आ रहा था । पर वो उमा को कुछ ज्यादा नकारात्मक बोलकर उमा के पहले से ही आहत कोमल मन को ठेस पहुँचाना नहीं चाहता था । पर अनिल मन ही मन यह अवश्य सोच रहे थे कि दूसरे की बगिया के फूलों से अपनी उजड़ी बगिया नहीं सजाई जा सकती । अनिल उमा को रोक नहीं सके । उमा अनुज से बात करके करीब एक माह रहने के लिए लखनऊ चल पड़ी ।

उमा अनुज के घर पहुँची, अनुज दीदी से मिल कर खुश हुआ । अनुज की पत्नी रेखा ने उमा के पैर छुए । अनुज का बेटा बहुत प्यारा-सा था । उमा ने झट उसे गोद में उठा लिया । उस दिन उमा दिनभर अनुज के बेटे को अपने से चिपकाए रही । अरसों बाद उमा को बहुत अच्छा लग रहा था । वह अनुज के बच्चे को गोद में लेकर, उसके साथ खेलकर बहुत खुश हो रही थी । उमा ने रेखा को उस दिन बेटे के लिए कुछ करने नहीं दिया । उमा ने ही बच्चे को खाना खिलाया । रेखा जब बच्चे को नहलाने ले जाने लगी, उमा आकर बोली-लाओ आज मैं इसे नहला देती हूँ । रेखा को भी आज अच्छा

लगा–बच्चे के कई काम से उसे फुरसत जो मिल गई थी। शाम हुई उमा रेखा से बोली–मुन्ने को अच्छा कपड़ा पहना दो, मैं इसे सोसाइटी के गार्डन में ले जाऊँगी। उमा मुन्ना को गोदी में उठाए गार्डन में आई। बहुत से बच्चे–छोटे बड़े सभी गार्डन में शोर मचाते हुए खेल रहे थे। कई स्त्रियाँ बहुत छोटे बच्चों के साथ गार्डन में घूम रहीं थी। उमा भी मुन्ना के साथ गार्डन में टहल रही थी। बहुत खुश लग रही थी उमा। शायद वर्षो की दबी हुई वात्सल्य प्रेम भावना उमा के हृदय से फूटफूट कर बाहर निकल रही थी। शाम का अंधेरा छाने लगा। उमा मुन्ना को लेकर घर वापस आ गई। रात का खाना खाकर मुन्ने को लिए वह अपने कमरे में चली गई। शायद उमा रात भर मुन्ने को अपने पास रखना चाहती थी।

रेखा की माँ ने रात का खाना खाने के बाद रेखा को अपने कमरे में बुलाकर कहने लगी–मेरी बात का बुरा मत मानना, मैं तुम्हारी भलाई के बारे में सोच रही हूँ इसलिए बोल रही हूँ। तुम्हारी ननद जिस तरह तुम्हारे बेटे को चिपका रही है, वह मुझे अच्छा नहीं लग रहा है। तुम्हारी ननद बाँझ है, ऐसी स्त्रियों द्वारा बच्चों को स्पर्श करना अपशकुन होता है। रेखा वैसे तो पढ़ी लिखी लड़की थी, पर आम स्त्रियों की तरह रेखा के मन पर अपने खुद के बच्चे के लिए दी गई उसकी माँ की सलाह का असर पड़ा। वह उमा के कमरे में गई और मुन्ने के सुलाने के बहाने उमा से माँग कर ले आई। उमा ना नहीं कर सकी, आखिर रेखा ही तो उसकी माँ थी। परन्तु उमा को बहुत देर तक नींद नहीं आई, बिस्तर पर करवटें बदलती रही फिर जानें कब आँख लग गई। परन्तु अभी पूरी तरह सुबह भी नहीं हुई थी कि उमा जाग गई। उठकर नहाने धोने का कार्य करने लगी। सब अभी सोए थे घर में। उमा जल्दी–जल्दी तैयार होना चाहती थी क्योंकि एक तो उसका समय नहीं कट रहा था। दूसरे वह चाहती थी कि जल्दी तैयार हो जाएगी तो मुन्ना जैसे ही उठेगा, वह उसे ले लेगी।

रेखा उठी, मुन्ने को लेकर बाहर आई। उमा तैयार थी। उमा ने मुन्ने को थाम लिया। परन्तु आज जब–जब उमा मुन्ने के लिए कुछ करना चाहती, रेखा के थोड़े-थोड़े प्रतिरोध का उसे सामना करना पड़ता। परन्तु एक तरसती माँ बिना इस पर ध्यान दिए मुन्ने पर अपना प्यार उड़ेलने आगे बढ़ती रही। कल की तरह आज भी उमा मुन्ने को नहलाना चाह रही थी परन्तु रेखा ने

बहाना बना कर खुद नहलाने ले गई । आज रेखा का मूड भी कुछ उखड़ा-उखड़ा था । रेखा पर उसकी माँ की बातों का असर था । रेखा मुन्ने को अपनी ननद को देना भी नहीं चाहती थी परन्तु खुलकर कुछ बोल भी नहीं पा रही थी । शाम हुई । कल की तरह उमा मुन्ने को लेकर फिर नीचे सोसाइटी के गार्डन में चली गई । उमा को पता नहीं था कि वह मुन्ने के साथ गार्डन में खुशी मना रही है और घर में रेखा परेशान हो रही है कि क्यों उसकी बाँझ ननद उसके बच्चे को अपने से चिपकाए घूम रही है । रेखा को घर में परेशान होते देख, अकेला पाकर रेखा की माँ ने फिर रेखा के कान भरना शुरू किया । रेखा की माँ ने रेखा को हल्की डाँट के साथ कहने लगी कि तुम मेरी बात पर ध्यान नहीं दे रही हो, कुछ ऊँच-नींच हो जाएगी, तब मुझे दोष मत देना कि मैंने समझाया नहीं । बाँझ औरतें डाइन का रूप हो जाती हैं । इनका स्पर्श अच्छा नहीं होता है । माँ की बातों से रेखा की छटपटाहट और बढ़ गई । उसने सिक्योरिटी को टेलीफोन किया-दीदी को मुन्ने के साथ वापस आने को कहा। उमा मुन्ने को लेकर वापस आई । घर में घुसते ही मुन्ना रोने लगा-शायद उसे शाम में गार्डन में अच्छा लग रहा था । घुसते ही रेखा ने गुस्सा भरी निगाहों से उमा को देखा और बिना कुछ बोले मुन्ने को जैसे छीन-सा लिया । मुन्ना रोए जा रहा था । रेखा चुप कराने की कोशिश कर रही थी । रेखा के चेहरे पर गुस्सा और परेशानी के भाव स्पष्ट दीख रहे थे । रेखा की माँ को अवसर मिल गया । आकर चुपके से बोली-देख रही हो न असर । मैं तुम्हें फिर सावधान कर रही हूँ । उमा ने रेखा के गुस्से से भरे चेहरे को भाँप लिया था । अत: कुछ देर वह रेखा के पास नहीं गई । पर मुन्ना जब चुप नहीं हो रहा था तो उमा को लगा वह बाहर घूमने जाना चाह रहा है । वह हिम्मत कर रेखा के पास गई और कहने लगी कि शायद मुन्ना शाम को घूमने जाना चाह रहा है, गार्डन में बहुत खुश होकर खेल रहा था । लाओ मैं इसे गार्डन में ले जाकर देखती हूँ-उम्मीद है चुप हो जाएगा ।

उमा का इतना कहना था कि रेखा बिफर पड़ी-चिल्ला चिल्लाकर बोलने लगी 'क्या मै इसे लेकर गार्डन में नहीं जा सकती, क्या जरूरत पड़ गई है आप को मेरे बच्चे के नजदीक आने की । खुद को तो बच्चा हुआ नहीं, मेरा बच्चा भी मुझसे छीन लेना चाहती है ।' उमा स्तब्ध रह गई । उसे लगा जैसे धरती फट जाय और वह उसमें समा जाय । कुछ क्षण एकदम अचेतन

सी खड़ी रही । फिर उल्टे पाँव लौटकर अपने कमरे में आ गई । उमा की आँखों से आँसू की धारा बह निकली । बिस्तर पर स्थिर बैठी उमा लगातार धरती की ओर देखती जा रही थी, आँखों से आँसू बहते जा रहे थे । एक माँ की भावना का बेहरमी से कत्ल हो गया था । ऐसे ही घंटा डेढ घंटा बीत गया । उमा को लगा वह कितनी अकेली है इस दुनिया में, ऐसे में उसे अनिल की याद आने लगी । उसने मोबाइल उठाया । फिर सोचा, अनिल को कुछ नहीं बताऊँगी । इसलिए उसने आँसू पोंछे अपने मन को संभाला फिर अनिल को मोबाइल पर फोन लगाया । बोली–मैं कल सुबह की ट्रेन से वापस आ रही हूँ । अनिल ने पूछा–क्या, तुम तो वहाँ लम्बे समय तक रहने गई थीं, दो ही दिनों में वापस क्यों आ रही हो ? उमा परिस्थिति को छुपाते हुए सिर्फ इतना ही बोल पाई कि कुछ भी तो नहीं हुआ है और उसने जल्दी फोन बंद कर दिया ।

उमा का भाई अनुज भी दफ्तर से घर आ गया था । उमा अनुज के सामने अपने आप को एकदम स्वाभाविक प्रदर्शित कर रही थी । रात का खाना खाने के बाद उमा अनुज से बोली मैं कल सुबह कानपुर वापस जाना चाहती हूँ, मुझे थोड़ा स्टेशन छोड़ देना । अनुज कहने लगा–दीदी इतने दिनों बाद आई हो, फिर दो ही दिनों में जाना चाहती हो, अभी रहो न यहाँ कुछ दिन और । कुछ दिन और मुन्ने के साथ खेलो । फिर वह रेखा से कहने लगा–कहो न दीदी को रूकने के लिए । अनुज रेखा से बोल ही रहा था कि उमा बीच में ही टोक कर कहने लगी कि तुम्हारे जीजाजी का फोन आया था कि उन्हें खाना खाने में परेशानी हो रही है, अभी हम लोग कानपुर में नये-नये आए हैं, पूरी व्यवस्था ठीक से नहीं हो पाई है इसलिए उन्हें परेशानी हो रही है । कहकर उमा डाइनिंग टेबल से उठकर अपने कमरे में चली गई और अपना सामान समेटने लगी ।

रात सभी सो गए । उमा रातभर जागती रही । तकिये का कपड़ा आँसुओं से गीला होता रहा । उमा छत की ओर ताकती रही–अपनी तकदीर को कोसती रही ।

सुबह अनुज ने दीदी को ट्रेन पर विदा किया । उमा खिड़की के बाहर देख रही थी । भावशून्य सी उमा के मन मस्तिष्क में नकारात्मक विचार एक के बाद एक आकर उमा को परेशान कर रहे थे । उमा सिर में दर्द महसूस

कर रही थी। एक आहत माँ को लगता था कि भगवान ने उसे धरती पर ही क्यों भेजा और भेजा तो पूर्ण जिंदगी क्यों नहीं दी।

अचानक उमा को एक कोमल-सा स्पर्श महसूस हुआ। उमा ने पलट कर देखा–कोई तीन साल का नन्हा-सा बच्चा, उमा को छू रहा था। उमा की आँखें उससे टकराई, और बच्चा मुस्कुराने लगा। उमा ने हाथ बढ़ाया उसे प्यार करने के लिए, पर हाथ जैसे अचानक रूक गये। उमा को लगा दुनिया उसे प्यार करने से रोक रही है। अजीब-सा द्वन्द्व था उमा के मन में–मन के प्यार की गंगा ऊफान के साथ सीमा पार कर फैल जाना चाहती है। पर कोई नहीं है अपना-सा नन्हा-सा जिस पर वह अपनी ममता उड़ेल सके। दूसरे की बगिया के फूल को स्पर्श करने का नतीजा भुगत चुकी थी उमा। बच्चा अपनी मुस्कुराहट बिखेर रहा था, पर इस बाल सुलभ छवि का असर उमा पर नहीं हो रहा था।

तभी अचानक एक अधेड़ उम्र की स्त्री उस बच्चे को ढूँढ़ती वहाँ आयी। बहुत ही साधारण दीखने वाली स्त्री के चेहरे पर एक विलक्षण आत्मविश्वास था। स्त्री अपने साधारण से चेहरे पर सुंदर-सी मुस्कुान बिखेर रही थी। उस स्त्री के आत्मविश्वास एवं मुस्कुान का असर उमा पर हुआ। उस स्त्री ने उमा से पूछा–इसने तंग तो नहीं किया आपको ? नटखट बच्चा है पर बहुत प्यारा है मेरा मोनु। जाने क्यों उस स्त्री की बातें उमा को अच्छी लग रही थी। उमा को थोड़ा आश्चर्य हो रहा था–ऐसी साधारण-सी दीखने वाली महिला को इतना प्यारा-सा बच्चा ! उत्सुकतावश उमा ने उस स्त्री से पूछ लिया–यह आपका बच्चा है ? आप के पति क्या करते हैं ? वह महिला हँसने लगी और जवाब दिया–मैंने शादी नहीं की। फिर मजाक भरे मूड में बोली–आप बताइए कौन करेगा मेरी जैसी भद्दी स्त्री से शादी और हाँ, मोनु के साथ-साथ मेरे दस बच्चे और हैं–सब प्यारे बच्चे। उमा को जवाब बड़ा अप्रत्याशित-सा लगा। उस स्त्री का आत्मविश्वास एवं उसकी निश्छल हंसी, उमा को अन्दर तक प्रेरित कर रही थी। अचानक उमा को एक अजीब से सुकून का अहसास हो रहा था। उमा ने बस पूछ ही डाला–आप की बातें मुझे रहस्य से भरी लग रही हैं, आप बताइए अपने बारे में। वह महिला फिर हंसने लगी ओर बोलने लगी। मेरी माँ और बाबूजी मेरी शादी को लेकर परेशान थे। आप ही बताइए कोई पंसद करेगा मुझे। कोई कहता लड़की

मोटी है, कोई कहता काली है, कोई कुछ और कमी निकालता । पहले तो मुझे बहुत बुरा लगता, माँ बाबूजी को परेशान देख, मन रोता था । फिर जानती हो मैंने क्या किया–मैंने सारे मर्दो को रिजेक्ट कर दिया । मैंने माँ–बाबूजी को स्पष्ट रूप से कह दिया कि मुझे शादी नहीं करनी है । उन लोगों ने मेरी बात न मानते हुए कुछ दिन और प्रयास किए पर मैं अड़ी रही । आप ही बताइए बहन जी, दिल तो सभी लड़कियों का एक सा होता है, सभी दिलों में भावनाएं भी एक जैसी होती हैं, बाहरी रंग रूप तो भगवान का दिया होता है । जब कोई लड़का रंग–रूप पर रिजेक्ट करता था तो बहुत ग्लानि महसूस होती थी फिर मैंने ग्लानि से लड़ने का उपाय ढूँढ़ निकाला । मैंने पूरे पुरुष वर्ग को रिजेक्ट कर दिया । फिर मैं अनाथ बच्चों को ढूँढ़ने लगी, उन बच्चों को घर लाई, कुल 11 बच्चे मेरे पास मेरे अपने हैं । मैं अपनी ममता इन पर उड़ेलती हूँ । इन बच्चों ने मुझे नई जिंदगी दी है, आत्मविश्वास दिया है, जीने का मकसद दिया है, अपने आँचल का प्यार उड़ेलने का अवसर दिया है । सच कहूँ तो बहुत खुश हूँ मैं अपने इस परिवार के साथ । अपने बच्चों के साथ लखनऊ घूमने गई थी। लौटकर कानपुर वापस जा रही हूँ । बातचीत चल ही रही थी कि कुछ और बच्चे माँ–माँ पुकारते हुए आकर उसी स्त्री से लिपटने लगे । बड़े प्यार से उस महिला ने किसी बच्चे के सिर पर हाथ फेरा, किसी को अपने बदन से चिपकाया । फिर बोली–देखिए ये हैं मेरी बगिया के फूल । महिला फिर बोली–बहन जी आप तो पढ़ी-लिखी परिवार वाली महिला लगती हैं, आप ही बताइए–बच्चे अपनी कोख से हों या दूसरे की कोख से, बच्चे तो प्यार और ममता पाने के लिए ही बने हैं बस जरूरत है अपना आँचल को बड़ा करने की । फिर हंसती हुई वह महिला बच्चों के साथ अपनी सीट की ओर चल पड़ी ।

उमा के उद्वेलित मन को जैसे शांति मिल गई । महिला ने जैसे उमा को झकझोर कर रख दिया । उमा के अशांत परेशान चेहरे पर जैसे चमक आ गई । मन में जैसे कुछ विचार उमड़ने लगे । वह उठी, उस महिला के पास जाकर उसका पता पूछने लगी ।

गाड़ी कानपुर पहुँचने को थी । अनिल उमा को लेने स्टेशन आ गए थे । चेहरे पर परेशानी और मन में कई शंकाएं कौंध रही थी–क्या हुआ होगा लखनऊ में, क्यों उमा दो ही दिन में वापस आ रही है, कहीं किसी ने उसका

दिल तो नहीं दुखाया, पहले से ही वह बरसों से परेशान रह रही है, पता नहीं किस मूड में मुझसे मिलेगी ?

उमा ट्रेन से उतरी, अनिल ने देखा उमा ठीक दिख रही है बल्कि उसके चेहरे पर एक चमक है जो वर्षों पहले हुआ करती थी। अनिल ने पूछा–क्या बात है, क्यों लौट आई, दो ही दिनों में ? उमा ने बड़े आत्मविश्वास से कहा–कुछ नहीं हुआ है, मैं एकदम ठीक हूँ। फिर दोनों चलते हुए स्टेशन से बाहर आकर गाड़ी में बैठे। अनिल ने फिर उमा को टोका, वही प्रश्न किया। वह आश्चर्यचकित था–वर्षों से परेशान और उदास रहने वाली उमा आज एकदम शांत और सामान्य लग रही है। उमा ने सारी बातें बड़े संयम और आत्मविश्वास के साथ बताई। बीच में उमा की आँखें भर आई। उसने तुरन्त अपने आंसू पोंछे और जोर देकर बोली मैं अब नहीं रोऊँगी। मुझे अब अपने भाग्य से कोई शिकायत नहीं है। अनिल ने महसूस किया जैसे कोई खोई उमा उसे मिल गई हो। उसे शादी के बाद के दिन याद आने लगे जब उमा खुलकर हंसती और बातें करती थी। आज अनिल को लग रहा था कि उमा में वही पुराना आत्मविश्वास लौट आया है।

शाम को उमा अनिल के साथ उस महिला से मिलने गई। महिला उमा को देखकर खुश हुई। उमा ने कहा–बहन मैं आप के बच्चों को पढ़ाना चाहती हूँ। महिला बड़ी खुशी व्यक्त करते हुए बोली बहन जी आपने मेरी एक बड़ी समस्या सुलझा दी। कोई अच्छी टीचर नहीं मिल पाती है मेरे बच्चों के लिए, मैं इनके कामों से अवसर नहीं निकाल पाती कि खुद भी इनकी पढ़ाई में योगदान दे सकूँ। फिर हाथ जोड़कर बोली–लेकिन पढ़ाने के बदले में मैं ज्यादा पैसा आपको नहीं दे पाऊँगी। उमा बोली–नहीं नहीं, मैं पढ़ाने के बदले पैसे नहीं लूँगी। मुझे तो आपके बच्चे चाहिए बस पढ़ाने के लिए, प्यार करने के लिए।

□□

स्वाभिमान

आलोक 24-25 साल का सुसंस्कृत युवक है । स्वभाव का सीधा-सादा, कम शब्दों में काम चलाने वाला एवं सादगी पसंद । स्कूल कॉलेज के दिनों में दोस्तों के चिढ़ाने पर मुस्कुरा कर बिना बोले या कम बोल कर प्रतिक्रिया व्यक्त करना उसकी प्रकृति थी । पर यदि किसी की बात दिल को बुरी लगती थी तो उससे बोलना ही बंद कर देता था । आलोक की शादी रश्मि से हुई । आलोक के स्वभाव से बिलकुल विपरीत रश्मि चुलबुली, बातूनी तथा फैशनेबल थी । सजना संवरना, अपनी बड़ाई सुनना आदि उसे अच्छा लगता था । इन विपरीत स्वभाव के बावजूद दोनों एक दूसरे को बेहद प्यार करते थे ।

शादी के बाद दोनों ने साथ जीने-मरने की कसमें खायीं और प्यार भरी जिदंगी की शुरूआत की । परंतु कुछ दिनों बाद दोनों की विपरीत प्रकृति का असर होने लगा । दोनों के बीच नोंक-झोंक शुरू हो गई ।

कहते हैं दाम्पत्य जीवन का आधार प्यार एवं विश्वास है । प्यार और विश्वास के धागों में बंध कर पति-पत्नी हंसते-खेलते जीवन की नैया पार लगाते हैं । परंतु एक वजह है जो प्यार एवं विश्वास के बावजूद दाम्पत्य जीवन में कड़ुवाहट पैदा करते हैं । वह वजह है—स्वाभिमान ।

आलोक एवं रश्मि के जीवन में नोंक-झोंक का कारण स्वाभिमान ही था । जब भी नोंक-झोंक शुरू होती दोनों एक दूसरे को कड़वी बातों से आहत करते । दोनों यही सोचते कि मेरी गलती नहीं तो मैं क्यों झुकूँ । दोनों एक दूसरे पर आरोप-प्रत्यारोप की झड़ी लगा देते—तुमने ये कहा तो तुमने ऐसा बोला । पर इसके बावजूद प्यार का अटूट बंधन दोनों को फिर नजदीक लाता और दोनों फिर एक हो जाते । परंतु धीरे-धीरे झगड़े बढ़ने लगे । आए दिन किसी न किसी बात पर झगड़ा हो जाया करता । धीरे-धीरे जीवन में कटुता बढ़ने लगी । हाँ, झगड़े की वजह प्राय: बहुत छोटी-छोटी बातें ही हुआ करती थी । बाद में कौन-सी बात झगड़े का कारण बन जाएगी—पता ही नहीं चलता था।

एक बार रश्मि की बड़ी दीदी के यहाँ से निमंत्रण आया । जाने से एक दिन पूर्व आलोक और रश्मि कुछ जरूरी खरीदारी करने मार्केट गए । रश्मि

खुश थी कि उसे अपनी बहन से मिलना था । आलोक भी आज खुशी के मूड में था । बाहों में बाहें डालकर दोनों ने घूम- घूम कर मार्केटिंग की, फिर रात का खाना खाने के लिए रेस्टोरेन्ट में गये । खाना शुरू करने के बाद आलोक को चुहल सूझी और रश्मि को चिढ़ाने के लिए उसने दूसरी टेबुल पर बैठी एक युवती की आँखों की तारीफ करने लगा । रश्मि तुनक उठी । आलोक को मजा आया और उसने थोड़ी और तारीफ की । रश्मि अब पूरी तरह नाराज हो चुकी थी । अधूरा खाना छोड़कर उठ गई । आलोक को लगने लगा कि कुछ ज्यादा ही हो गया है । उसने अब मनाने के लिए कुछ बोला तो रश्मि ने कड़ुवाहट भरे शब्दों में प्रतिक्रिया व्यक्त की । घर पहुँचते-पहुँचते दोनों के बीच झगड़े की शुरूआत हो चुकी थी, घर पहुँचकर खूब लड़ाई हुई और बातचीत बंद हो गई ।

अगले दिन बस जैसे-तैसे बिना बात किये सामान कि पैकिंग की गई । दोनों ने शाम की ट्रेन पकड़ी । चेयर कार में दोनों अगल-बगल बैठे अजनबी की तरह चले जा रहे थे । रश्मि लगातार खिड़की से बाहर देख रही थी ।

रात के कोई साढ़े आठ बजे थे । गाड़ी अचानक किसी सुनसान जगह पर झटके से रूकी और थोड़ी देर बाद चल पड़ी । बाहर चारों ओर अंधेरा था । तभी अचानक डिब्बे के अंदर दो बदमाश चाकू दिखाते हुए चिल्लाते हुए घुसे और लोगों को डरा-धमकाकर घड़ी पैसे आदि छीनने लगे । पूरे डिब्बे में दहशत फैल गई । लोग घबड़ाने लगे और अपनी-अपनी सीट पर दुबकने लगे । रश्मि खिसक कर आलोक के नजदीक आकर उससे चिपकने लगी । तभी एक बदमाश ने आलोक की घड़ी और पैसे छीन लिये। फिर रश्मि से उसकी अंगूठी उतारने को बोला । रश्मि लड़खड़ाती आवाज में हिम्मत करके बोली-भैया अंगूठी मत लो, यह मेरे सुहाग की अंगूठी है । परन्तु बदमाश पर इसका कोई असर नहीं पड़ने वाला था । उसने झिड़क कर कुछ बोला और हाथ बढ़ाकर अंगूठी छीनने की कोशिश करने लगा । इस पर आलोक उस बदमाश को अलग हटाने की कोशिश करने लगा और कहने लगा कि छीना-झपटी क्यों कर रहे हो । बदमाश आलोक के द्वारा रूकावट किये जाने पर उससे हाथापायी करने लगा और चाकू चला दी । चाकू आलोक की बाँह पर गहरे घाव कर गया और खून बहने लगा । चाकू लगते ही आलोक दर्द से चीख पड़ा । रश्मि आलोक की चीख सुनकर और खून देख घबड़ाकर

चिल्लाने लगी। फिर अचानक रश्मि में अप्रत्याशित साहस आ गया और वह उस बदमाश से पूरी ताकत और फुर्ती के साथ जा भिड़ी। बदमाश इसके लिए बिलकुल तैयार न था, सो उसके हाथ से चाकू छूट गया और वह बुरी तरह लड़खड़ा गया। रश्मि लोगों से मदद की गुहार करने लगी। बदमाश का दूसरा साथी उसी डिब्बे में थोड़ी दूर दूसरे यात्रियों से उलझ रहा था। अपने साथी का चाकू गिरता देख वह मदद के लिए अपना चाकू चमकाते हुए और दहाड़ते हुए अपने साथी की ओर दौड़ा। तभी एक युवक यात्री ने अपने पैर को आगे कर बदमाश को लंगी मारी। बस, दूसरा बदमाश भी गिर पड़ा और उसका चाकू भी दूर जा गिरा। फिर क्या था। कई यात्री एक साथ अपनी सीट से उठे और दोनों बदमाशों को धर दबोचा। फिर जमकर दोनों की पिटाई होने लगी।

आलोक की बाँह से बहुत खून बह रहा था। रश्मि घबराहट में रोए जा रही थी। उसने तुरंत अपनी साड़ी का किनारा फाड़ कर बाँह में पट्टी की तरह बांधा। कुछ यात्री रश्मि की मदद करने लगे। अगले स्टेशन पर गाड़ी रूकते ही कुछ यात्रियों की मदद से आलोक को डॉक्टर के पास ले जाकर सिलाई एवं पट्टी लगाई गई।

रश्मि का रोना जैसे बंद ही नहीं हो रहा था। पूरी घटना ने उसे जैसे बदहवास कर दिया था। किसी तरह वह आलोक को लेकर घर वापस आ गई। घर पहुँच कर वह रोते हुए आलोक से कहने लगी–मुझे लगा मैं तुम्हें खो दूँगी। मैं तुम्हारे बिना नहीं जी सकती। मैं भी कितनी गंदी हूँ जिसे दिल की गहराई से प्यार करती हूँ उसी से लड़ती हूँ। मैं अब तुमसे कभी नहीं लड़ूँगी। तुम कुछ भी कहोगे तो भी मैं गुस्सा नहीं होऊँगी।

आलोक की आखों से भी आँसू निकलने लगे। उसने रश्मि को समीप खींच कर प्यार किया और कहने लगा कि तुम्हारी गलती नहीं है, मेरी गलती ज्यादा है। मैं भी तुम्हें परेशान करता हूँ। पर मैं भी तुम्हारे बगैर नहीं जी सकता।

दिलों की कडुवाहट पूरी तरह मिट चुकी थी और प्यार के बहाव में दोनों एक दूसरे के करीब आते गए। रेलयात्रा की इस घटना ने दोनों की जिंदगी का रूप बदल दिया। आज भी जब वे इस घटना को याद करते हैं तो रश्मि डर कर आलोक से लिपट जाती है और आलोक कहने लगता है कि इस घटना ने हमारी जिंदगी को बदल डाला है।

□□

चायवाला

अमर रेलवे में ग्रुप बी की परीक्षा में पास हो गया। अमर आज रेलवे में अधिकारी बन चुका है। अमर की सफलता का कारण था उसकी महत्त्वाकांक्षी सोच और उसकी लगन। वह माँ के पास गया। खुश होकर उसने माँ को यह सूचना दी। माँ तो बिलकुल अशिक्षित थी, बस इतना ही समझ पाई कि बेटा ऊँचे पद पर पहुँच गया है, अफसर बन गया है। माँ के लिए तो ये दिन सचमुच सपने जैसे ही तो थे। माँ तो कल्पना में भी नहीं सोच सकती थी कि उसका बेटा अमर उसे ऐसा दिन दिखाएगा। माँ-बेटे कमरे में बैठे बीते दिनों को याद करने लगे।

किशनगंज एक छोटा-सा शहर है—कस्बा जैसा। परंतु किशनगंज जंक्शन एक महत्त्वपूर्ण रेलवे स्टेशन है क्योंकि यहाँ से पाँच दिशाओं में ट्रेनें जाती हैं। स्टेशन से सटी एक बस्ती है जिसमें गरीब लोग रहते हैं। इस बस्ती के लगभग सभी परिवारों की जिंदगी किशनगंज रेलवे स्टेशन की बदौलत चलती है। इस बस्ती के व्यक्ति स्टेशन तथा ट्रेन में चाय बेचते हैं, कोई फल बेचता है, कोई चना, मूँगफली तो कोई पकौड़े बेचता है। किसी-किसी परिवार के बिगड़ैल लड़के स्टेशन या ट्रेन में पाकेटमारी या सामान चुराने का भी काम करते हैं।

दीनानाथ इसी बस्ती में रहता था। वह चाय बेचता था। चाय उसकी पत्नी बनाया करती थी। बेटा अमर अभी छोटा था, वह सरकारी स्कूल में पढ़ता था।

अमर करीब आठ साल का था। एक दिन दीनानाथ की तबियत ठीक नहीं थी। वह अमर से बोला कि आज वह भी उसके साथ चले और चाय बेचने में मदद करे। दीनानाथ गरीब था। ये गरीब लोग अपनी शारीरिक शक्ति की अंतिम सीमा तक कार्य करने की कोशिश करते हैं ताकि परिवार

के लिए कुछ कमा सकें। एक भी दिन यदि कमाई नहीं हुई तो परिवार को भूखे रहने की नौबत आने लगती है क्योंकि इनके पास कोई जमा पैसा होता ही नहीं है क्योंकि रोजाना की आमदनी ही बहुत कम होती है।

उस दिन अमर अपने बापू के साथ चाय बेचने में उनकी मदद करने गया। चाय बेचते वक्त अमर विभिन्न ट्रेनों को, उसमें यात्रा कर रहे यात्रियों को चुपचाप देखता। शाम हो गई, दोनों पिता-पुत्र घर वापस आए। घर आकर अमर ने बापू से कौतूहल जताते हुए पूछा–बापू रेलगाड़ी के किसी डिब्बे में बहुत भीड़ होती है, किसी में कम होती है, ऐसा क्यों ? और बापू किसी डिब्बे में सीसा लगा होता है, अन्दर कुछ भी नहीं दिखता है, क्या उसमें आदमी नहीं रहते हैं। दीनानाथ ने हंसते हुए एक ज्ञानी पिता की तरह अमर के कौतूहल का जवाब दिया–ट्रेन में तीन तरह के डिब्बे होते हैं–एक जनता क्लास होता है जिसमें कोई आदमी टिकट लेकर चढ़ सकता है, इस डिब्बे में बहुत भीड़ होती है, दूसरा रिजर्व डिब्बा होता है, इस डिब्बे में वही चढ़ सकता है जिसने सीट रिजर्व कराई होती है, इसका किराया ज्यादा होता है, इस डिब्बे में भीड़ कम होती है, तीसरे तरह का डिब्बा एसी डिब्बा होता है, तुम जो बता रहे हो न कि डिब्बे में सीसा लगा होता है, अंदर कुछ नहीं दीखता, वही एसी डिब्बा होता है। इस डिब्बे का किराया बहुत ज्यादा होता है, इसमें सिर्फ बड़े-बड़े लोग ही यात्रा कर सकते हैं, और जानते हो इस एसी डिब्बे के अंदर गर्मी के दिनों में ठंडक और जाड़े के दिनों में गर्मी लगती है। अमर पिता की बातें बड़े गौर से सुन रहा था। जब उसने एसी डिब्बे के बारे में जाना तो उसे विश्वास ही नहीं हो रहा था कि ऐसा कैसे हो सकता है कि गर्मी में ठंडा और जाड़े के दिनों में गर्मी लगती है। अमर के आश्चर्य जताने पर दीनानाथ बोला कि कल चलना, कल एसी क्लास में चलेंगे चाय बेचने तब खुद ही देख लेना। अमर मन ही मन में इंतिजार करने लगा एसी डिब्बे एवं उसके रहस्य को खुद देखने एवं महसूस करने के लिए।

अगले दिन भी वह अपने बापू के साथ गया। रोज की तरह दीनानाथ पैसेन्जर ट्रेन की ओर गया चाय बेचने। दीनानाथ ज्यादातर पैंसेन्जर ट्रेन में या एक्सप्रेस ट्रेन के जनरल क्लास के डिब्बे में चाय बेचता क्योंकि यहाँ प्रायः नीचे स्तर के लोग रहते हैं, उनका चाय की क्वालिटी पर ध्यान नहीं होता है, वे कम कीमत की चाय लेते हैं। दीनानाथ घटिया किस्म की चाय बेचता था

ताकि लागत कम लगे क्योंकि लोग ज्यादा पैसा नहीं देना चाहते। चाय बेचते-बेचते अमर बीच-बीच में बापू को एसी डिब्बे में चलने की जिद करता। दीनानाथ समय का अंदाज लगाकर बोला–करीब आधे घंटे के अंदर एक एक्सप्रेस ट्रेन आएगी, उसी के एसी कोच में चलेंगे। अमर जैसे सांस रोके ट्रेन का इंतिजार कर रहा था। ट्रेन के प्लेटफार्म पर लगते ही दोनों बाप-बेटे एसी कोच में घुसे। दीनानाथ चाय-चाय करने लगा, पीछे-पीछे अमर विस्मय भरी निगाहों से एसी कोच के भीतर का नजारा देखने लगा। अमर को बहुत आश्चर्य हो रहा था। एसी कोच में भीड़ तो थी ही नहीं, गद्देदार सीट पर आराम से लोग बैठे थे। बड़े-बड़े सीट पर दो या ज्यादा से ज्यादा तीन लोग बैठे थे। दूसरे डिब्बे में तो एक सीट पर दस-दस लोग आगे पीछे होकर बैठे रहते हैं। एसी डिब्बे में सुंदर-सुंदर पर्दे लगे थे। डिब्बे में बैठे लोग अच्छे-अच्छे कपड़े पहने थे, देखने से ही अमीर लग रहे थे। एक साथ इतने सारे अमीर, सुंदर-सुंदर लोगों को अमर ने आज तक नहीं देखा था। अमर को यह कोई दूसरी ही दुनिया जैसी लग रही थी जिसे पहले कभी अमर ने नहीं देखा था, कभी कल्पना में भी नहीं सोचा था कि लोग ऐसे भी होते हैं। कोई हंस-हंस कर बातें कर रहा था, कोई मोटी अग्रेजी की किताब पढ़ रहा था। उसे यह देखकर बहुत आश्चर्य हुआ कि इतनी गर्मी के दिनों में कुछ लोग कम्बल ओढ़कर आराम से सो रहे हैं। कई लोग मशीन पर फिल्म देख रहे थे। दीनानाथ एसी कोच में एक तरफ से घुसा और चाय-चाय करता हुआ दूसरी तरफ से जल्दी निकल गया क्योंकि उसकी चाय घटिया किस्म की थी, एसी डिब्बे के लोग उसे स्वीकार नहीं करते।

ऐसी डिब्बे के नजारे ने अमर को सचमुच आश्चर्य में डाल दिया था। सोचने लगा कि कितना आराम है एसी कोच में। उसने सकुचाते हुए पूछा बापू किस तरह के लोग एसी डिब्बे में यात्रा करते हैं। दीनानाथ बोला–इस डिब्बे में बड़े-बड़े लोग, जिनके पास खूब पैसा होता है, वही लोग इस डिब्बे में यात्रा करते हैं। अमर ने फिर पूछा–बापू लोग बड़े-लोग कैसे बन जाते हैं। दीनानाथ बोला–इसके लिए बड़ी-बडी पढ़ाई करनी पड़ती है, पढ़ लिखकर बड़ी परीक्षा देनी पड़ती है जब जाकर बड़ी नौकरी मिलती है और तब लोग बड़े लोग बन जाते हैं, इनके पास खूब पैसा होता है। अमर बोला–बापू आप क्यों नहीं पढ़े-लिखे, बड़े आदमी क्यों नहीं बने ? दीनानाथ

बोला–बेटा हम लोग तो पीढ़ी दर पीढ़ी गरीब हैं, मेरे बापू तथा उनके बापू भी चाय ही बेचते थे । हम लोग गरीब लोग हैं । हम लोग ऊँचे ख्वाब नहीं देख सकते । मेरे बापू ने 12–13 साल की उमर में ही मुझे चाय बेचने पर लगा दिया । पढ़ने के लिए कहाँ से पैसा लाता, मैं तो तब से चाय बेच रहा हूँ । देख, अपनी बस्ती के सभी लोग तो इसी तरह स्टेशन पर कुछ न कुछ बेच कर गुजर–बसर करते हैं ।

अमर बापू की बातें सुनता रहा । बापू की पीढ़ी दर पीढ़ी चाय बेचना तथा चाय ही बेचते रहने का स्पष्टीकरण, अमर के दिल को भा नहीं रहा था । उसके बालसुलभ मस्तिष्क में चाय बेचने के प्रति प्रतिरोध की भावना जन्म लेने लगी । परंतु गरीब का बच्चा–मन में सपने संजोने में और उसे साकार होने में बहुत अंतर था ।

अमर सरकारी स्कूल में पढ़ता था । एसी की विलासता के दृश्य अमर के मन मस्तिष्क में गहरे स्थापित हो चुके थे । वह भी पढ़ना चाहता था, पर सरकारी स्कूलों में पढ़ाई होती कहाँ है । शिक्षक भी ज्यादा नहीं होते, जो होता भी है वह भी नहीं पढ़ाता । बच्चे स्कूल आते हैं–ज्यादातर खेलकूद, लड़ाई–झगड़े, हल्ला–गुल्ला कर वापस घर चले जाते हैं ।

दीनानाथ शारीरिक रूप से बहुत कमजोर आदमी था । जन्म से ही गरीबी में पला बढा, थोड़ा ही बड़ा हुआ कि चाय बेचने के काम में लग गया । शरीर कंकालों जैसा–जैसे सिर्फ हड्डियों की ही बनी हुआ हो । अमर करीब 12–13 साल का था । दीनानाथ की तबियत खराब हुई । तेज बुखार आने लगा । गरीब लोग तो बुखार को ही बीमारी समझ लेते हैं । दीनानाथ सोचता था पहले की तरह ही बुखार है, अपने आप ठीक हो जाएगा । ज्यादा बुखार आने पर डॉक्टर के पास गया । गरीब बस्ती के पास डॉक्टर कहाँ मिलता है, ज्यादातर तो नीम–हकीम ही होते हैं । डॉक्टर ने दो–एक गोली दे दी बुखार उतारने की । ऐसे डॉक्टर को पता होता है कि इन गरीब लोगों को एक–दो गोली से ज्यादा दिया भी नहीं जा सकता, इनके पास पैसा नहीं होता कि बुखार के लिए जरूरी टैस्ट कराकर सही दवा कराई जाय । दीनानाथ का बुखार इस बार खतरे की घंटी थी । तेज बुखार उतर नहीं रहा था । डॉक्टर द्वारा दी गई दवा खाकर दीनानाथ एवं उसका परिवार रोज बुखार ठीक होने का इंतिजार करने लगा । परंतु परिवार के लिए वक्त बुरा था । दीनानाथ पाँच दिनों बाद

चल बसा।

गरीबों की जिंदगी खतरों के आधार पर रेंगती रहती है। कब, कहाँ से मुसीबत आ जाएगी कोई नहीं जानता। दीनानाथ की मृत्यु उसके परिवार पर विपत्ति का पहाड़ बन कर गिरी। एक ही कमाने वाला था, वही चला गया। परिवार की जिम्मेदारी अमर के नन्हें कंधों पर आ गई। अमर की माँ बोली–बेटा अब तुम्हें ही चाय बेचने जाना पड़ेगा। अमर को जैसे झटका-सा लगा, बोला माँ मैं तो पहले ही बोल चुका हूँ कि मुझे चाय बेचना अच्छा नहीं लगता, मैं पढ़ना चाहता हूँ मुझे पढ़ना अच्छा लगता है। माँ ने समझाया–बेटा हम लोग गरीब हैं, यदि तुम चाय नहीं बेचोगे तो हम लोग जिंदा कैसे रहेंगे। अमर के पास कोई रास्ता नहीं था। माँ ने चाय बनाई, अमर बड़े बेमन से, दुःखी होकर चाय बेचने गया। ट्रेन के पास चाय बेचने में उसे भीड़ का सामना करना पड़ता, कई बार तो उसने यात्री को चाय दी और ट्रेन चलने लगी, वह अपना सामान लेकर ट्रेन के साथ दौड़ा पर ट्रेन ने रफ्तार पकड़ी और वह पैसा भी नहीं ले सका। अमर को यह सब बिलकुल अच्छा नहीं लगता था। पहले से भी चाय बेचने के प्रति उसके मन में प्रतिरोध भरा था। अमर ने सोचा, ट्रेन के भीड़भाड़ और भाग दौड़ से अच्छा है कि प्लेटफार्म के ऑफिस में चाय बेची जाय। वह ऑफिस के पास चाय-चाय करने लगा। एक बाबू ने चाय माँगी। अमर ने चाय दिया। उस बाबू ने जब चाय पीया, तो अमर को डाँटते हुए बोला कितना घटिया चाय बेचते हो, पानी ही बेचते हो तुम लोग, लोगों को बस ठगने का धंधा बना लिया है, अरे एक रूपया ज्यादा ले लिया करो पर चाय तो ढंग की पिलाओ। अमर को पहले कभी किसी ने इस तरह फटकार नहीं लगाई थी। उसे बहुत दुःख हुआ, पर गरीब क्या करता।

शाम को अमर घर लौटा, थका हारा, चेहरे पर मायूसी लिए। माँ ने झट से उसके हाथ से चाय का बरतन आदि ले लिया और प्यार से उसे छूने की कोशिश की–आज उसका बेटा पहले दिन कमाई करके जो लौटा था। अमर ने जेब से पैसे निकाल कर माँ की बगल में बिना कुछ बोले लगभग फेंक कर रख दिए और माँ की ममता के लिए बढ़े हाथ को झटक दिया और थोड़ी दूर चला गया। माँ समझ गई कि उसका लाड़ला उससे रूठा हुआ है। भले ही अनपढ़ थी, पर थी तो माँ ही, बेटे की हरएक हरकतों को खूब समझती

थी। माँ का दिल अन्दर से रो पड़ा कि उसके बेटे को असमय ही चाय बेचने की जरूरत पड़ गई है जबकि उसे चाय बेचने से नफरत है। परंतु गरीबों के लिए कोई उपाय नहीं होता, इच्छा न भी हो तो भी जिंदगी से लड़ना पड़ता है। माँ फिर आगे बढ़ी अमर को शरीर से चिपकाकर प्यार किया। हर माँ को पता होता है कि उसके लाड़ले को मनाने-रिझाने का क्या रहस्य होता है। माँ बोली–बेटा एक तू ही तो मेरा सहारा है, यदि तू काम नहीं करेगा तो घर में और कौन है जो पैसे कमाने जाएगा। तू कमाएगा नहीं तो हम दोनों जिंदा कैसे रह पाएंगे। और तू तो मेरा बड़ा काबिल बेटा है, तू तो अपनी माँ की जिम्मेदारी आसानी से उठा सकता है। यदि तू कमाने नहीं जाएगा तो मुझे घर से बाहर निकलना पड़ेगा कमाने के लिए, क्या तुझे यह अच्छा लगेगा। तू छोटा है तो क्या हुआ, मुझे तुम्हारी काबिलीयत पर पूरा भरोसा है कि तू अपने बापू से भी ज्यादा कमा कर लाएगा। माँ की बातों से अमर पिघल चुका था। माँ के मुख से अपनी काबिलीयत की बातें सुनकर वह अंदर ही अंदर गौरवान्वित महसूस करने लगा। अमर बोला–पर, माँ मुझे चाय नहीं बेचना है, मैं कोई और काम कर लूंगा। फिर तुम तो चाय भी अच्छी नहीं बनाती हो, लोग मुझे डांटते हैं कि यह घटिया चाय है, चाय नहीं बल्कि पानी है। माँ ने अमर को समझाया–बेटा मैं तो चाय बढ़िया बना दूंगी, लागत कुछ ज्यादा लगेगी। परंतु तुम्हारे पिता कहा करते थे कि कम खर्च में चाय बनाया करो क्योंकि यात्री लोग चाय के लिए ज्यादा पैसे नहीं देना चाहते हैं। फिर जब किसी यात्री को चाय बेचो तो जब तक वह चाय पीता है, तब तक ट्रेन खुल जाती है और चाय खराब है यह बताने के लिए वह स्टेशन पर रहता ही नहीं है। इसी कारण वे कम खर्च में चाय बनाने को कहते और कम खर्च में अच्छी चाय कहाँ से बनेगी। अमर को माँ की बात माननी पड़ी।

अगले दिन अमर फिर चाय बेचने गया। उसे अपनी घटिया चाय ऑफिस के लोगों के बीच बेचने की हिम्मत नहीं हुई। वह ट्रेन के यात्रियों को ही चाय बेचता रहा। कभी एक डिब्बे से दूसरे डिब्बे, कभी एक ट्रेन से दूसरी ट्रेन, कभी एक प्लेटफार्म से दूसरे प्लेटफार्म–अमर शाम तक थक गया था। घर लौटा, माँ ने बेटे को प्यार किया। अमर ने पैसे गिने, सारे पैसे माँ को दे दिए। रात को सोते वक्त वह फिर माँ से बोला, माँ मैं चाय नहीं बेचूंगा। माँ ने कारण पूछा। अमर ने जो थोड़ी बहुत पढ़ाई कर रखी थी, वह इतना

पढ़ा लिखा तो था ही कि यह समझ सकता था कि चाय की कमाई से कभी भी उसकी गरीबी दूर नहीं हो सकती। उसने माँ से कहा–ट्रेन के यात्रियों को चाय बेचते-बेचते मैं थक जाता हूँ। कई यात्री से पैसा लेते-लेते ट्रेन ही खुल जाती है और मैं पैसे नहीं ले पाता हूँ। और माँ चाय की कमाई से हम कभी भी अपनी गरीबी दूर नहीं कर सकेंगे। मुझे चाय नहीं बेचना है।

चाय बेचने की आमदनी गरीबी नहीं दूर होने की बात माँ को छू गई। अमर की माँ ने अपने ससुर तथा पति दोनों को जिंदगी भर चाय बेचते ही पाया। उन लोगों के मन में यह विचार कभी नहीं आया कि चाय बेचने के अलावा भी कुछ किया जाय जिसमें ज्यादा आमदनी हो और उन लोगों की गरीबी दूर हो सके। उन सबने चाय बेचना ही अपनी नियति मान रखी थी। माँ तो अनपढ थी, पर गरीबी से परेशान तो वह भी रहती थी। परंतु घर के मर्द ही गरीबी को दूर करने की बातें न सोचें, तो वह कैसे सोच सकती थी।

अमर की माँ को अमर की बातों में आशा की किरण नजर आई। वह अमर के साथ बस्ती में रह रहे, अमर के काका के पास सलाह लेने गई। काका काफी बड़े थे, कई तरह का कार्य रेलवे स्टेशन पर कर चुके थे, उन्हें विभिन्न प्रकार का अनुभव था। अमर की माँ काका से सलाह लेने लगी। काका ने तरह-तरह के कार्यों के बारे में बताया तथा उनके नफा और नुकसान के बारे में भी समझाया। चाय में सबसे कम खर्च लगता है, बिक्री भी अधिक होती है, बरबाद होने की जोखिम नहीं है क्योंकि ठंडी चाय को गर्म करके, उसमें नयी चाय मिलाकर फिर से बेचा जा सकता है, नफा भी खूब है। फल बेचने में भी नफा अच्छा है परंतु हमेशा मंडी के चक्कर लगाओ फल लाने के लिए, फल खराब होने का भी जोखिम है, कभी-कभी पूरा फल नहीं बिक सकता, उसका नुकसान होता है, फिर फल बेचने के लिए ठेले की जरूरत पड़ती है, ठेले के साथ एक प्लेटफार्म से दूसरे प्लेटफार्म जल्दी जल्दी जाने में दिक्कत होती है। पकौड़े भी बेच सकते हो, पर इसमें नफा ज्यादा नहीं है, बिक्री बहुत नहीं होती, सब लोग प्लेटफार्म का पकौड़ा खाना पसंद नहीं करते। ठंडा पकौड़ा तो कोई नहीं लेता, सब लोग छूकर पहले देखेंगे, गरम होगा तभी लेंगे, इसलिए पकौड़ा बच जाने का और खराब होने का भी डर रहता है। काका ने समझाया कि कुल मिलाकर चाय का काम सबसे कम जोखिम और अच्छी आमदनी का होता है।

अमर ने सोचा मुहल्ले के लड़कों से भी राय ले ली जाय कोई बेहतर काम पता चल सके । उसने मुहल्ले के लड़को से बातें की, लगभग सभी बड़े लड़के कुछ न कुछ काम प्लेटफार्म और ट्रेन में किया करते थे । उन्होंने भी वही सब बातें बताई जो काका ने बताई थी । एक लड़का था मोनू करीब 20 साल का, उसने चुटकी लेते हुए कहा—एक काम ऐसा है जिसमें कोई लागत भी नहीं लगानी पड़ती है और आमदनी भी बहुत होती है । दूसरे लड़कों ने अमर को रोका कि मोनू की बातों में मत आना । परंतु अमर का कौतूहल उसे रोक नहीं सका । वह मोनू से पूछने लगा—ऐसा कौन-सा काम है ? मोनू ने कहा—आज चलना स्टेशन पर दिखा दूंगा । मोनू अपने एक साथी के साथ स्टेशन गया, अमर भी साथ में गया । अमर जिज्ञासा भरी आँखों से मोनू की हरकतों को निहारता रहा—भला ऐसा कौन-सा काम है जिसमें कोई लागत नहीं है और पैसा भी खूब मिलता है, तब तो सभी को यही काम करना चाहिए । एक एक्सप्रेस ट्रेन आकर प्लेटफार्म पर रूकी, भीड़ बहुत थी, एक डिब्बे में लोग एक साथ चढ़ने के लिए कोशिश करने लगे । डिब्बे के दरबाजे के सामने भीड़ लगी थी । मोनू ने अमर को दूर ही रूकने को कहकर अपने साथी के साथ भीड़ में घुस गया फिर जल्दी ही वापस आ गया । अमर को यह तिलस्म से भरा काम समझ में नहीं आ रहा था । फिर तीनों लड़के प्लेटफार्म के दूसरी तरफ जहाँ थोड़ा सुनसान था, जाने लगे । मोनू बहुत खुश दिख रहा था । उसने अपने पॉकेट से पर्स निकाला । उसे अमर को दिखाते हुए बोला देख आज की कमाई, अभी खोलकर देखता हूँ कि कितनी कमाई हुई । मोनू ने पर्स खोला, उसमें रेल का टिकट और करीब 1500/- रूपये थे । अब जाकर अमर को बात समझ में आई कि मोनू पॉकेटमारी का काम करता है । मोनू बड़ी शान के साथ अपने साथी से बोला—जा सिगरेट लेकर आ, अच्छा महंगा वाला लेकर आना, आज तो अच्छा पर्स हाथ लगा है । अमर का कौतूहल अब डर में बदल गया था । अमर बोला—इसमें तो बहुत खतरा है । मोनू बोला—हाँ, थोड़ा खतरा तो है, पर ज्यादा नहीं है, घबराओ मत । काम करते-करते हाथ में सफाई आ जाती है । यदि पकड़े भी गए तो दो-चार चाटा लगता है, फिर पुलिस को ही पर्स पकड़ा दो वह भीड़ से दूर ले जाकर पैसे लेकर छोड़ देता है । इस धंधे के कारण मेरी कई पुलिसवालों से जान पहचान भी हो गई है । अमर फिर बोला यह तो गलत काम है, इससे तो लोगों को

परेशानी होती होगी । इस पर्स में उस आदमी का टिकट भी है, वह कैसे यात्रा करेगा, रास्ते में पैसे के बिना जरूरत का सामान कैसे खरीदेगा । मोनू जोर से हंस पड़ा–इतना थोड़े न सोचते हैं । कोई काम गलत नहीं होता, बस पैसा मिलना चाहिए । इन अमीर लोगों के पॉकेट से कुछ पैसा निकाल भी लिया तो उनको कोई फर्क नहीं पड़ता । अमर को मोनू की बातें बिलकुल अच्छी नहीं लगी । उसने मन ही मन सोचा कि वह यह काम कभी नहीं करेगा, यदि पकड़ा गया और लोग उसे चोर–चोर कहकर मारने लगे तो । छिः, वह चोर नहीं बन सकता, किसी की मार नहीं खा सकता, गलत काम नहीं कर सकता ताकि दूसरों को परेशानी हो ।

अमर घर वापस आ गया । अमर ने चाय ही बेचने का मन बना लिया । अमर माँ से बोला, मैं चाय ही बेचूंगा पर तुम्हें मेरी एक बात माननी होगी, तुम अच्छी, स्वादिष्ट चाय बनाओगी । माँ ने बेटे की बात मान ली, अनपढ़ थी बेचारी, उसे लगा उसका बेटा थोड़ा पढ़ा–लिखा है कुछ समझकर ही बोल रहा होगा ।

अगले दिन अमर साफ सुथरे बरतन में अच्छी स्वादिष्ट चाय लेकर स्टेशन गया । सबसे पहले वह उसी बाबू के पास गया जिसने घटिया चाय के लिए अमर को डांटा था । अमर ने उस बाबू को नमस्ते करके बोला–सर आप आज मेरी चाय पीकर देखिए, आज मेरी चाय अच्छी है । अमर ने चाय बढ़ाई । चाय सचमुच बहुत अच्छी थी । बाबू के मुख पर मुस्कुान देखकर अमर को अच्छा लगा । अमर जाने लगा । बाबू ने पुकारा–अरे पैसे तो लेते जाओ । अमर ने कहा–सर, उस दिन मैंने आपको घटिया चाय दी थी, आप का पैसा बरबाद कर दिया, समझ लीजिए कि उसी दिन के पैसे के बदले मैंने आज आप को चाय पिलाई है । ऑफिस के बाबू को अमर की ईमानदारी देख सुखद आश्चर्य होने लगा–इतना छोटा बालक और ऐसे विचार, कहाँ मिलते हैं ऐसे बच्चे आजकल । आज अमर ने अपनी चाय ज्यादातर ऑफिस के लोगों के बीच ही बेची । किसी ने भी कोई शिकायत नहीं की । आज तो भागदौड़ भी ज्यादा नहीं हुई थी । शाम को अमर घर लौटा । माँ ने जब अमर को देखा तो उसे भी संतोष हुआ क्योंकि आज अमर शांत था और उसके चेहरे पर आत्मविश्वास दीख रहा था । अमर ने कमाई के पैसे माँ को दे दिए, कमाई भी रोज से ज्यादा हुई थी ।

अमर रोज चाय बेचने जाने लगा । धीरे धीरे स्टेशन के ऑफिस के लोग यह जानने लगे कि अमर की चाय बहुत अच्छी होती है और उसकी चाय की अच्छी बिक्री होने लगी । परंतु अंदर ही अंदर अमर के मन में एक असंतोष था, वह सोचता था कि वह कितनी भी चाय बेच ले, चाय बेचकर वह अपनी गरीबी दूर नहीं कर सकता । उसे अपने पिता की बात हमेशा याद रहती कि बड़े लोग तभी बनते हैं जब पढ़ाई-लिखाई करके बड़ी परीक्षा पास करें । परंतु अमर को कोई रास्ता नहीं दीखता था । सारा समय चाय बेचने में ही चला जाता ।

किशनगंज बड़ा स्टेशन था । स्टेशन के साथ-साथ रेलवे के कई दूसरे ऑफिस वहाँ मौजूद थे—जैसे ड्राइवर-गार्ड का रेस्ट रूम, ड्राइवर-गार्ड के ट्रेन बुकिंग कार्यालय, इंजीनियरिंग विभाग के कार्यालय, रिजर्वेशन कार्यालय, मालगोदाम । अमर की चाय हर जगह प्रसिद्ध हो चुकी थी । और हर ऑफिस में बिकने लगी थी । किशनगंज में अधिकारियों का दौरा भी बहुत होता था, इसलिए एक बड़ा अधिकारी गेस्ट हाउस में भी वहां था । गेस्ट हाउस का केयरटेकर रामलाल था । अमर को चाय बेचते-बेचते रामलाल से अच्छी पहचान हो गई थी । जब भी कोई अधिकारी आता, रामलाल अमर को चाय पिलाने गेस्ट हाउस में बुला लेता ।

एक दिन रामलाल ने अमर को बुलाकर समझाया कि कल डी.आर.एम. साहब का दौरा है, उनके साथ कई और बड़े अधिकारी आएँगे, इन लोगों के साथ बड़ी संख्या में इन्सपेक्टर तथा अन्य लोग होंगे । रामलाल ने अमर को अच्छी चाय लेकर सुबह जल्दी आने को कहा । अमर ने पूछा—डी.आर.एम. क्या होता है । रामलाल ने बताया—डी.आर.एम. रेलवे के बहुत बड़े अधिकारी होते हैं, ये समझ लो कि यह पूरा स्टेशन और स्टेशनों से आने जाने वाली सभी गाड़ियों के मालिक वही होते हैं, उनके आदेश पर ही सभी ट्रेनें चलती हैं ।

अमर को उस रात नींद ठीक से नहीं आई । वह डी.आर.एम. साहब को देखना चाहता था कि ऐसे पावरफुल लोग कैसे दीखते होंगे । अगले दिन सुबह वह चाय लेकर जल्दी गेस्ट हाउस पहुँच गया । देखा गेस्ट हाउस का नजारा ही अलग था । हर तरफ साफ सफाई, जमीन चमक रही थी, पुलिस गेट पर खड़ी निगरानी कर रही थी । कई पढ़े-लिखे लोग, गेस्ट हाउस में सर्तकता

से कुछ न कुछ काम के लिए आना-जाना कर रहे थे। आज का माहौल कुछ अलग ही था, लगता था आज कुछ अलग ही होने वाला है। अमर अपनी चाय गेस्ट हाउस की रसोई में रखकर चुपचाप सब कुछ निहार रहा था। उसकी नजर गेट पर ही रहती, वह डी.आर.एम. साहब को देखना चाहता था। तभी सभी लोग एकाएक सतर्क हो गए, और एक दूसरे को कहने लगे-ट्रेन आ गई है, साहब पाँच-सात मिनट में हाउस में आ जाएंगे। अमर भी सतर्क हो गया।

तभी सात-आठ गाड़ियां आकर गेस्ट हाउस के दरवाजे पर धड़ाधड़ आकर रूकी। सबसे पहली गाड़ी में लाल बत्ती लगी थी जिसमें पुलिस के कई लोग बैठे थे उसके पीछे एक चमचमाती लंबी-सी गाड़ी थी। अमर ने झट अंदाज लगाया कि डी.आर.एम. साहब इसी में होंगे। गाड़ी रूकते ही पुलिस के एक जवान ने झट से दरवाजा खोला, डी.आर.एम. साहब गाड़ी से उतरे, गाड़ी की दूसरी तरफ से डी.आर.एम. साहब की पत्नी उतरी। फिर तुरंत पीछे की गाड़ियों से बाकी अधिकारी लोग भी उतरे। देखते ही देखते पूरे गेस्ट हाउस में भीड़ सी जमा हो गई। अमर डी.आर.एम. साहब और उनकी पत्नी को निहार रहा था, सोचने लगा कि बड़े लोग तो सचमुच अलग ही दीखते हैं, लगता है कि किसी दूसरी दुनियाँ से आए हों। सभी लोग डी.आर.एम. साहब की आवभगत में भाग-दौड़ कर रहे थे। डी.आर.एम. साहब अँग्रेजी में लोगों से बातचीत कर रहे थे। सब लोग-यस सर, जी सर बोल रहे थे। रामलाल, डी.आर.एम. साहब को झुककर प्रणाम करके उनको वी.आई.पी. रूम तक ले गया। फिर रामलाल भागकर आया अमर को ढूँढ़ने लगा, चलो साहब और मेमसाहब को चाय पिलाओ। अमर गेस्ट हाउस के सुंदर सुंदर प्यालों में चाय डालकर ट्रे में लेकर डी.आर.एम. साहब के कमरे में गया, झुककर प्रणाम कर चाय दी। अमर यह सब चुपचाप एक मशीन की भाँति कर रहा था। उसे तब बहुत अच्छा लगा जब वह डी.आर.एम. साहब और मेम साहब के कमरे में उन लोगों के काफी निकट था और चाय का कप बढ़ा रहा था, कमरे में लोगों के आने की मनाही थी, इसलिए कमरे में रामलाल के अलावा और कोई नहीं था। अमर अपने मन में गौरव का अनुभव कर रहा था कि वह इतने बड़े आदमी के बिलकुल पास खड़ा है। दिन भर गेस्ट हाउस में पूरी गहमागहमी रही। रामलाल पूरे दिन व्यस्त रहा। अमर

तो बस पूरे माहौल और गेस्ट हाउस के विभिन्न प्रकार के क्रिया-कलापों और लोगों की बातचीत को निहार रहा था। अमर उस एक भी अवसर को देखने से नहीं चूकता जिसमें डी.आर.एम. साहब या उनकी पत्नी दिख रही हों। कितना रोब है, सबको आदेश देते हैं, उनके एक आदेश पर सभी तुरंत फुर्ती से भाग दौड़ करने लगते हैं, हिन्दी से ज्यादा अंग्रेजी बोलते हैं। कई लोगों को उन्होंने गलती के लिए डांट लगाई है। और मेम साहब तो बस परी जैसी लगती हैं। कितना अन्तर है उसकी माँ में और मेम साहब में, कोई तुलना ही नहीं है। शाम तक डी.आर.एम. का दौरा खत्म हो गया।

डी.आर.एम. का निरीक्षण दौरा, उनका रोब एवं शान-शौकत आदि ने अमर के महत्त्वाकाँक्षी मन को अंदर तक झकझोर दिया था। जिंदगी में पढ़ लिखकर कुछ करने की एवं गरीबी के चंगुल से बाहर निकलने की उसकी बचपन की दबी हुई अभिलाषा फिर से जागृत हो चुकी थी। तरह-तरह के विचार, तरह-तरह के सुनहरे सपने उसके मन मस्तिष्क में तरंग की तरह उठते। इस बात से मन प्रफुल्लित हो उठता कि पढ़-लिखकर मैं भी बड़ी नौकरी करूँगा। परंतु तुरंत ही गरीबी का अहसास जैसे सारे सपने सारी अभिलाषाओं पर चिन्ता बनकर टूट पड़ता।

अगले दिन वह गेस्ट हाउस गया। केयरटेकर से पूछा–चाचा, डी.आर. एम. कैसे बनते होंगे। केयरटेकर बोला–यह तो मुझे नहीं मालूम पर इतना जरूर मालूम है कि बड़ी पढ़ाई कर बड़ा इम्तिहान पास करना पड़ता है। अमर ने शरमाते हुए सिर नीचे कर धीमे लड़खड़ाते स्वर में चाचा से बोला–मैं भी पढ़ना चाहता हूँ, जब मेरे बापू जिंदा थे तो मैं सरकारी स्कूल में पढ़ता था। अमर शर्म से सिर झुकाए रहा–सोचता था, चाचा कहीं उसे बेवकूफ न समझे कि एक चाय बेचने वाला गरीब लड़का चला है हवाई किले बनाने। पर केयर टेकर चाचा ने उसे प्रोत्साहन देते हुए कहा–हां, पढ़ना-लिखना अच्छी बात है, तुम भी पढ़ो लिखो। अमर को जैसे हिम्मत आ गई। बोला–चाचा चाय बेचते हुए रोज स्कूल जाना तो सम्भव नहीं लगता है, चाय तो बेचना जरूरी है, मुझे समझ नहीं आ रहा है कि क्या उपाय करूँ, कैसे पढ़ूँ, फिर मुझ गरीब को पढ़ाएगा कौन? केयर टेकर चाचा को लगा कि अमर दिल की गहराइयों से अपनी इस इच्छा का प्रदर्शन कर रहा है। चाचा ने कहा–मेरे पहचान के एक गुरूजी हैं, मैं तुम्हें उनके पास ले चलूंगा, शायद वे कुछ उपाय बता दें।

अमर केयरटेकर चाचा के साथ गुरूजी के पास गया। चाचा ने गुरूजी से बात की। गुरूजी व्यंग भरी हंसी हंसते हुए बोले–भाई पढ़ाई-लिखाई इतनी आसान नहीं होती कि दिन भर चाय भी बेचोगे और पढ़ाई भी कर लोगे। चाचा तो जैसे झेंप गए–शायद गुरूजी से ऐसी चीज माँग रहे हों जो संभव ही न हो। पर अमर बोला–गुरूजी मुझे एक मौका दीजिए, मैं आपको निराश नहीं करूँगा, कोई गलती हो तो निकाल दीजिएगा। अमर के चेहरे पर एवं बातों में एक आत्मविश्वास था, गुरूजी मना नहीं कर सके पर सख्त हिदायत दी कि मुझे अनुशासनहीनता एवं पढ़ाई में कमजोरी बिलकुल पसंद नहीं है और यह भी कि मैं एक कड़क शिक्षक हूँ। मेरी समझ पर खरे नहीं उतरे तो तुरंत निकाल दूँगा।

अमर ने पढ़ाई शुरू की। चाय भी बेचता, समय चुराता और पढ़ाई करता। महीने भर में ही गुरूजी को अमर में एक होनहार व्यक्तित्व के दर्शन होने लगे। अमर बाकी सभी बच्चों से अलग था। बच्चे तो माँ-बाप की इच्छा के कारण पढ़ने को उपस्थित हो जाते हैं, इन बच्चों के लिए कोई लक्ष्य नहीं होता है, बस माँ-बाप की इच्छा पूरी करते हैं इसलिए पढ़ने के साथ-साथ, खेलते कूदते भी हैं। परंतु अमर अपनी इच्छा से पढ़ने आया है, उसका अपना एक लक्ष्य है। वह आकाश को छू लेने की तमन्ना रखता है। अमर ने पढ़ाई में ऐसी लगन लगाई कि लगता था जैसे कि बीते दिनों के अधूरेपन को पूरा कर सबको पीछे छोड़कर आगे निकल जाएगा। अमर अच्छे अंको से पास होने लगा। गुरूजी ने उसकी लगन को देखते हुए, उसे प्राइवेट स्कूल में परीक्षा देने का इंतिजाम करा दिया ताकि उसे स्कूल नहीं जाना पड़े और वह गुरूजी के द्वारा ही पढ़ाई कर सिर्फ स्कूल की फाइनल परीक्षा देकर पास हो सके। अमर आगे बढ़ता गया, आगे बढ़ते-बढ़ते वह दसवीं क्लास की परीक्षा अच्छे अंकों से पास कर गया। कितना खुश था वह जब दसवीं का परिणाम आया था, और उससे ज्यादा खुश थे उसके गुरूजी। गुरूजी के चेहरे पर एक जीत की मुस्कुान थी, लगता था उन्होंने किसी असाध्य कार्य को संभव कर डाला हो। अमर जैसे गरीब लड़के गरीबी में जन्म लेते हैं, गरीबी में जीते हैं और गरीबी में ही मर जाते हैं। ऐसे गरीब लड़के को गुरूजी ने पढ़ा-लिखाकर दसवीं पास करा दी थी। गुरूजी ने पूछा–आगे क्या इरादा है। अमर बोला–गुरूजी इतना पढ़ लिया हूँ तो आगे भी पढ़ाई पूरी करना चाहता हूँ,

पर अब तक तो आपकी मेहरबानी से बिना स्कूल गए दसवीं कक्षा पास कर ली । पर अब तो कॉलेज जाना पड़ेगा । जाना भी पड़ेगा और पैसे भी खर्च होंगे । पता नहीं कैसे ये सब संभव हो पाएगा । सच कहूँ गुरूजी हम जैसे गरीब लड़को को तो पढ़ने का अधिकार ही नहीं होता । गुरूजी ने देखा आज जब खुशी का दिन है, अमर अच्छे रिजल्ट से पास हो गया है, फिर भी अमर अपनी गरीबी के कारण चिन्तित है । गुरूजी अमर का आत्मविश्वास जगाने के उद्देश्य से बोले–तुम जो कह रहे हो वह बात आम गरीब बच्चे के लिए होती है कि उन्हें पढ़ने का अधिकार नहीं होता परंतु तुम्हारे जैसे खास लड़के के लिए गरीबी कभी भी बाधा नहीं बन सकती, तुममें तो वो प्रतिभा है कि तुम अपना रास्ता खुद बना सकते हो । गुरूजी ने सलाह दी कि तुम चाय बेचना छोड़कर मेरे साथ बच्चों को ट्यूशन पढ़ाया करो । उसी कमाई से कुछ पैसा बचाकर पढ़ाई भी करते रहना, मेहनत तो तुम्हें बहुत करनी पड़ेगी–कालेज जाना, खुद के लिए पढ़ाई करना, ट्यूशन करना और घर के भी काम करना, परंतु मैं तुम्हें जानता हूँ, तुम यह सब कार्य करते हुए अपनी पढ़ाई अवश्य पूरी करोगे । गुरूजी के प्रस्ताव पर अमर को तसल्ली हुई, बहुत खुश हो गया, आगे पढ़ने का रास्ता दिखाई पड़ने लगा ।

अमर की मेहनत और लगन का अच्छा परिणाम आया । उसने बारहवीं कक्षा पास की फिर स्नातक की परीक्षा भी अच्छे अंक से पास कर गया । इसी बीच रेलवे भर्ती बोर्ड द्वारा वरिष्ठ पर्यवेक्षक की बहाली के लिए विज्ञापन निकला । केयर टेकर चाचा तथा गुरूजी ने सलाह दी कि अमर इस परीक्षा में बैठे । अमर ने यह परीक्षा पास कर ली । वह इस परीक्षा से संतुष्ट नहीं था, वह और आगे जाना चाहता था, बड़ी परीक्षा देना चाहता था परंतु बड़ी परीक्षा की तैयारी के लिए पैसे नहीं थे उसके पास । गुरूजी ने सलाह दी कि उसे यह नौकरी कर लेनी चाहिए । नौकरी करके भी वह अपनी पढ़ाई आगे जारी रख सकता है । गरीबी के सामने उसे झुकना पड़ा, उसने वरिष्ठ पर्यवेक्षक की नौकरी रेलवे में ज्वाइन कर ली । पढ़ाई जारी रखते हुए उसने मास्टर डिग्री भी हासिल कर ली ।

अमर को उसकी पढ़ाई का फायदा विभागीय परीक्षाओं में होने लगा । जल्दी ही अमर विभागीय परीक्षाएँ पास कर पदोन्नति पाते-पाते रेलवे में आज ग्रुप बी ऑफिसर बन गया है । अमर ने आखिर आसमां छू ही लिया था ।

कहते हैं कि हीरा कोयले के बीच पाया जाता है । कहते हैं कि कमल कीचड़ में खिलते हैं । ये बातें अमर जैसे व्यक्तित्व के लिए चरितार्थ होती है । जिनके इरादे बुलंद होते हैं, जिनकी महत्त्वाकांक्षाएं प्रबल होती हैं, जो जमाने से हटकर सोचते हैं, वे अपना रास्ता खुद बना लेते हैं, वे मंजिल प्राप्त करते हैं, गरीबी भी उसके रास्ता रोक नहीं सकती ।

□□

दुःख

राहुल सुबह अपनी कार गैरेज से निकाल रहा था। उसके चेहरे पर उदासी एवं परेशानी की झलक स्पष्ट दिख रही थी। वह गाड़ी स्टार्ट कर चलने को ही था कि उसकी पत्नी राधा उसके पास आई। राधा की आँखें डबडबाई हुई थी। उसने बिना कुछ बोले एक लिफाफा राहुल को पकड़ाया और वापस घर के भीतर चली गई।

राहुल ने लिफाफा खोला, पत्र निकाला एवं पढ़ने लगा–

"मैं तो इस घर में सिर्फ दुःख सहने के लिए रह रही हूँ।"

पत्र की इस पहली पंक्ति को पढ़ते ही राहुल के मन में जैसे खटास भर गई। उसने आगे पढ़ना बंद करके गाड़ी रवाना कर दी।

राहुल अपने पिताजी को लेने स्टेशन जा रहा था। पिताजी कुछ दिनों के लिए राहुल के साथ रहने आ रहे थे। राहुल के पिताजी शिक्षक थे जो अब रिटायर हो चुके थे। राहुल के पिताजी एक सिद्वांतवादी व्यक्तित्व के व्यक्ति थे। रिटायर होने के बाद वे अपना समय समाज कल्याण के कार्यों में दिया करते थे।

राहुल स्टेशन पहुँच गया था। ट्रेन आने में अभी देर थी। राहुल ने फिर से लिफाफा निकाला एवं पत्र पढ़ने लगा।

"मैं तो इस घर में सिर्फ दुःख सहने के लिए रह रही हूँ। बहुत दुःख होता है यह देख कर कि तुम्हारा प्यार मेरे लिए इतनी जल्दी खत्म-सा हो गया है। अपनी ड्यूटी करते-करते तुम्हें मेरी कोई परवाह नहीं रह गई है। अभी दो माह पूर्व ही तो मेरा जन्मदिन था, परन्तु उस दिन भी तुमने मुझे कोई गिफ्ट नहीं दिया। मुझे दुःख हुआ पर मैं कुछ नहीं बोली। परसों तो तुमने हद ही कर दी। मेरी सहेली अंजली को देखो कितना खुश रहती है। उसका पति हर जन्मदिन एवं शादी की सालगिरह पर कोई न कोई सोने का जेवर अवश्य गिफ्ट करता है। और मैं हूँ....।"

दरअसल परसों राहुल और राधा की शादी की सालगिरह थी । राधा एक माह पूर्व से ही सालगिरह पर सोने का हार लेने को कह रही थी । राहुल ने भी देने का वादा किया था । परंतु ऑफिस के काम से उसे बाहर जाना पड़ा और वह परसों लौट नहीं सका । सालगिरह के दिन राधा घर में अकेली रह गई । कल जब राहुल घर लौटा तो राधा मुँह फुलाए थी और बात नहीं कर रही थी । राहुल ने समझाने की कोशिश की । राधा का गुस्सा शांत नहीं हो रहा था । राहुल का भी सब्र टूटने लगा । फिर दोनों में खूब लड़ाई हुई ।

पत्र पढ़कर राहुल सोचने लगा—क्या जिंदगी है ! ऑफिस से काम करके घर आओ और घर में शांति और प्यार के बदले पत्नी के झगड़े का सामना करो । राधा कब प्यार का महत्त्व समझेगी । उसके शौक तो कभी पूरे ही नहीं होते । वह मुझे एवं मेरी आवश्यकता को समझना नहीं चाहती । उल्टे सारा दोष मुझे देती है ।

ट्रेन आ गई । पिताजी ट्रेन से उतरे । राहुल ने पिताजी के चरण छुए । सामान ज्यादा था इसलिए कुली लेना पड़ा । कुली सामान सिर पर उठाए आगे-आगे चलने लगा । उसके पीछे राहुल अपने पिता के साथ जा रहा था ।

कुछ ही दूर बढ़ने के बाद अचानक कुली लड़खड़ाने लगा और चक्कर खाकर गिरने लगा । सामान नीचे गिर गया और कुली भी जमीन पर गिर गया । राहुल ने सामान संभाला । लोग जमा हो गए । कई दूसरे कुली भी सहायता के लिए सामने आ गए । राहुल ने कहा पिताजी दूसरा कुली लेकर हम घर चलते हैं । परन्तु पिताजी ने राहुल को मना कर दिया और बोले यह इंसानियत के खिलाफ है । हम पहले इस कुली को डॉक्टर को दिखाएंगे । राहुल तो पहले से ही परेशान था, पिताजी की बात उसे एकदम अच्छी नहीं लगी । परन्तु पिताजी के सिद्धान्तवादी व्यक्तित्व से वह परिचित था और पिताजी के विरोध में बोलने की उसमें हिम्मत नहीं थी ।

कुली को जल्दी होश आ गया था । उसे सहारा देकर राहुल की गाड़ी में बिठाया गया । पिताजी ने राहुल को किसी अच्छे नर्सिंग होम में ले चलने को कहा । कुली को एक नर्सिंग होम में भर्ती कराया गया । भर्ती कराने के बाद पिताजी बोले—राहुल तुम ऑफिस जाने में लेट होगे, तुम घर चले जाओ । कुली के घर वालों के आने तक तथा उसे डॉक्टर को देखने तक मैं यहीं रूकता हूँ। तुम बहू से कहना कि वो मेरा नाश्ता लेकर यहीं आ जाय । और

हाँ, बहू से यह भी कहना कि इस कुली के लिए कुछ फल, तथा नाश्ते का सामान लेकर आएगी ।

राहुल सोच रहा था–घर में पहले से तूफान आया हुआ है । आगे जाने क्या होगा ! घर पहुँचकर राहुल ने राधा को संक्षिप्त में बातें बताते हुए पिताजी के आदेश को बता दिया । राधा बिना कुछ बोले काम में लग गई । राहुल जल्दी-जल्दी तैयार होकर ऑफिस चला गया ।

राधा नास्ते का सामान, फल आदि लेकर नर्सिंग होम पहुँच गई । पिताजी के पैर छुए । राधा के चेहरे की उदासी देख पिताजी ने उसका कुशलक्षेम पूछा । राधा ने संक्षिप्त में जवाब दिया कि सब ठीक है ।

राधा के वहाँ पहुँचने के कुछ समय बाद कुली की पत्नी अपने 10-12 साल के पुत्र के साथ किसी साथी कुली की मदद से वहाँ पहुँची। पिताजी को देखकर चेहरे पर घूँघट बढ़ा लिया । फिर सुबकने लगी । पिताजी ने उसे सांत्वना देते हुए कहा रोओ मत डॉक्टर ने कहा है कि सब कुछ ठीक है । कुछ कमजोरी के कारण इन्हें चक्कर आ गया था । एक दो रोज में एकदम ठीक हो जाएंगे । इतना सुनते ही कुली की पत्नी रोने लगी और कहने लगी कि मैं कह रही थी आज स्टेशन मत जाओ । पिछले पाँच दिनों से बुखार था, कमजोर हो गए थे, कुछ खा पी नहीं रहे थे । आज स्टेशन जाने की जिद करने लगे कि पिछले पाँच दिनों से एक पैसा नहीं कमाया । स्टेशन नहीं जाऊँगा तो आज रात से सबको भूखा रहना पड़ेगा । सब पैसा खत्म हो गया है । कुली की पत्नी अपने बच्चे को अपने शरीर से सटाए रोए जा रही थी । बच्चा खोई-खोई आँखों से बस सब कुछ निहार रहा था ।

पिताजी के चेहरे पर सहानुभूति एवं बेबसता नजर आ रही थी । उन्होंने राधा से पूछा–बेटा, कुछ रूपये हैं तुम्हारे पास । राधा ने अपने पर्स से पाँच सौ के दो नोट निकाल कर कुली की पत्नी को दिए । अपने साथ लाए फल एवं खाने का अन्य सामान भी उसे देकर सांत्वना देते हुए बोली कि मत रोओ सबकुछ ठीक हो जाएगा ।

राधा और पिताजी घर के लिए रवाना हो गए । राधा के चेहरे की उदासी खत्म हो गई थी । चेहरे पर शाँति के भाव थे । घर पहुॅच कर उसने एक पत्र लिखा–

"सॉरी,

आज हॉस्पीटल पहुँच कर मैं दु:ख की सही परिभाषा जान पाई। मैंने अपनी आदतों से तुम्हें सचमुच बहुत दु:खी किया है। मैं अपने को दु:खी मानती थी पर दु:ख क्या होता है आज मैंने जाना। कोशिश करना, हो सके तो ऑफिस से जल्दी आना। चलेंगे समुद्र के किनारे–लहरें देखने।"

पत्र अपने पिउन के द्वारा उसने राहुल को भेज दिया।

समुद्र का किनारा, शाम का वक्त, ठंडी हवा, लहरों की आवाज, वातावरण में शांति एवं ठंडक। राहुल और राधा वहाँ खड़े एक दूसरे से कुछ देर नजरों से बातें करते हुए, फिर एक दूसरे का हाथ थामे चहलकदमी करते समुद्र के किनारे आगे की ओर बढ़ते जा रहे हैं।

□□

चिंता

आज मैं लंदन में एक मल्टीनेशनल कंपनी में कार्य करता हूँ। यहाँ इंग्लैंड में जब भी मैं रेल यात्रा करता हूँ तो अपने देश की रेल यात्रा याद आने लगती है। कितना अंतर है इंग्लैंड की रेल यात्रा एवं भारत की रेल यात्रा में। यहाँ टिकट या रिजर्वेशन खिड़की पर जाकर भीड़ में जद्दोजहद की जरूरत नहीं है, टिकट की वेटिंग लिस्ट की चिन्ता नहीं कि टिकट पर सीट मिलेगी या वेटिंग लिस्ट ही रह जाएगी। दो–दो माह की एडवांस प्लानिंग की आवश्यकता नहीं, ट्रेन में भीड़भाड़ नहीं, ट्रेन या प्लेटफार्म पर पॉकेट कटने, सामान चोरी होने आदि का कोई डर नहीं, ट्रेन पर चल रहे रेलकर्मी के बेरूखे एवं गैर जिम्मेदाराना व्यवहार नहीं, ट्रेन यात्रा में असुरक्षा की चिन्ता नहीं, ट्रेन लेट होने की परेशानी नहीं।

परंतु प्रायः ये परेशानियाँ भारतीय रेल की यात्रा में सहनी पड़ती हैं। इंग्लैंड में रहता हूँ पर हूँ तो भारतीय ही। इसलिए अपने देश के लोगों के प्रति इन बातों से चिन्ता एवं अफसोस का अहसास होता है। हो भी क्यों नहीं–आखिर मुझे भी तो ऐसी परेशानियों का सामना करना पड़ा है।

आज मैं जिस कंपनी में कार्य करता हूँ उसमें जब इन्टरव्यू के लिए बुलाया गया तो मुंम्बई आने के लिए हवाई जहाज या ट्रेन के वातानुकूलित श्रेणी में आने की सुविधा दी गई। मैं छोटे से स्थान का निवासी था जहां से हवाई जहाज की सुविधा नहीं थी। इसलिए मैंने ट्रेन के वातानुकूलित श्रेणी का टिकट कटाया। मुझे वेटिंग लिस्ट का टिकट मिल रहा था। जाना जरूरी था इसलिए मैंने वेटिंग लिस्ट टिकट लिया। टिकट लेने के बाद रोज चिन्ता में रहता कि पता नहीं वेटिंग लिस्ट टिकट पर बर्थ आबंटित होगा या नहीं। रोज चैक करता कि टिकट पर बर्थ आबंटित हुआ या नहीं पर रोज निराशा ही होती। यात्रा का दिन आ गया पर टिकट पर बर्थ आबंटित नहीं हो सका

और टिकट वेटिंग लिस्ट ही रह गया। जाना जरूरी था क्योंकि नौकरी का सवाल था, सो सामान लेकर चल दिया। मन चिन्तित था कि पता नहीं सीट मिलेगी या नहीं, यात्रा भी लंबी थी। ट्रेन आई, ट्रेन में भीड़ थी। मैंने वातानुकूलित डिब्बे में प्रवेश किया। प्रवेश करके डिब्बे में देखा हर बर्थ पर लोग बैठे थे। जनरल क्लास की तरह कहीं भी किसी को खिसका कर नहीं बैठ सकता था। मैं बाथरूम के पास खड़ा होकर टी.टी.ई. का इंतिजार करने लगा। टी.टी.ई. आए तो मैंने टिकट दिखाई। टी.टी.ई. ने चार्ट में चैक किया फिर आँखें तरेर कर बोला–यह टिकट अभी भी वेटिंग में है आप इस डिब्बे से उतरिए। मैं मिन्नतें करने लगा कि कहीं साइड बर्थ या ऊपर की बर्थ पर कहीं भी कोई जगह दे दें। मैंने अपने यात्रा में जाने की आवश्यकता भी बताई पर टी.टी.ई. ने कुछ नहीं सुना, बोले–मुझे तंग मत करो, स्लीपर क्लास में कोशिश करो। एसी का टिकट और स्लीपर क्लास में जाना, मेरे दिल को गंवारा नहीं लग रहा था। पर मेरे पास कोई उपाय नहीं था। मैं स्लीपर क्लास की ओर गया। स्लीपर क्लास में तो और ज्यादा भीड़ मिली। स्लीपर डिब्बों की संख्या भी ज्यादा होती है। मैंने स्लीपर क्लास के टी.टी.ई. को ढूँढना शुरू किया। इधर से उधर, एक डिब्बे से दूसरे डिब्बे में ढूँढ़ते–ढूँढ़ते बड़ी मुश्किल से टी.टी.ई. मिले। मन में उम्मीद थी कि एसी का टिकट है तो स्लीपर क्लास में तो टी.टी.ई. अवश्य कोई बर्थ दे देगा। मैंने स्लीपर क्लास के टी.टी.ई. को अपना टिकट दिखाते हुए बर्थ देने की मिन्नत की। मन ही मन भगवान से भी प्रार्थना की कि एक बर्थ किसी तरह दिलवा दें। परंतु टी.टी.ई. ने बड़ी बेरूखी से कहा कि कहीं जगह नहीं है, उसने चार्ट भी देखने की जरूरत नहीं समझी। मैं पूरी तरह निराश–हताश हो चुका था, कुछ समझ में नहीं आ रहा था कि क्या करूँ। अभी तो दोपहर के बाद वाला पहर था, यात्रा रात भर करनी थी, तब कहीं जाकर अगले दिन सुबह मुंम्बई पहुँचता। मैं स्लीपर में ही एक तरफ खड़ा चिन्ता में डूबा हुआ था। कोई उपाय नजर नहीं आ रहा था। थोड़ी देर बाद वही टी.टी.ई. इधर से गुजरा। मुझे देखकर झिड़की देते हुए बोला–आप अभी तक यहीं है, अगले स्टेशन पर उतर जाना यह आरक्षित डिब्बा है, इसमें आप यात्रा नहीं कर सकते। मैंने हिम्मत करके एक कोशिश और की और कोई भी, कहीं भी एक बर्थ देने की मिन्नत की, पर टी.टी.ई. का बेरूखा अंदाज एवं वही निराशा भरा नकारात्मक जवाब। मैंने पूछा–मैं

कहाँ जाऊँ, टी.टी.ई. बोला–जनरल डिब्बे में जाओ । मैंने कहा–मैंने तो वातानुकूलित डिब्बे का टिकट लिया है, यदि मैं जनरल डिब्बे में जाता हूँ तो मेरा अतिरिक्त पैसा वापस करो । टी.टी.ई. ने नाराज होकर कहा–यह मेरा काम नहीं है, पैसे का रिफन्ड रिजर्वेशन काउन्टर से मिलेगा जहाँ से आपने टिकट लिया है । टी.टी.ई. के चेहरे के भाव एवं उसके जवाब के सामने मेरे पास आगे बहस करने की हिम्मत नहीं थी ।

अगले स्टेशन पर गाड़ी रूकी, मुझे जनरल डिब्बे में जाना पड़ा । मेरे पास वातानुकूलित टिकट था और मुझे जनरल डिब्बे में यात्रा करना था–जैसे मन इसके लिए तैयार नहीं था, मन खिन्न था, गुस्सा उत्पन्न हो रहा था । यदि कोई गलती करने वाला सामने होता तो गुस्सा उस पर उतार भी देता, पर मेरे गुस्से के लिए कोई ऐसा न था जिस पर मैं गुस्सा उतार सकता था । जनरल डिब्बे में यात्रा करना भी एक अनुभव से कम नहीं है । वस्तुतः भारतीय रेल का जनरल डिब्बा भारत देश के निम्न वर्ग का प्रतिबिंब ही है । प्रायः सभी लोग जो यहाँ चढ़ते हैं गरीब और लगभग अनपढ़ या बहुत कम पढ़े–लिखे होते हैं । गंदे, बदबूदार कपड़ों में लिपटे लोगों में ठीक से बातें करने की तमीज भी नहीं होती । मवेशियों के आवास में भी मवेशी के मालिक इतना ध्यान रखते हैं कि सभी मवेशी को ठीक से बैठने का पर्याप्त स्थान हो पर यहाँ तो चार–पाँच लोगों की सीट पर 8–9 लोग यात्रा करने को मजबूर होते हैं । रात में जब नींद आती है तो गंदी जमीन पर, बाथरूम की बगल में, या सीट पर बैठे–बैठे एक दूसरे के बदन पर लुढ़क कर सो जाना आम बात है ।

मैं जनरल डिब्बे में थोड़ा बहुत जद्दोजहद के बाद घुस गया । बैठने की कोई गुंजाइश नहीं थी । गनीमत थी खड़े होने की जगह मिल गई थी । एक दो स्टेशन पर गाड़ी रूकने पर यात्रियों के उतरने से मैं अंदर की ओर खिसकने लगा । शाम के बाद भीड़ थोड़ी कम हुई–शायद बीच के स्टेशन के यात्री अपनी यात्रा दिन में करके उतर गए थे, बाकी सब दूर वाले या मुंम्बई वाले यात्री थे । किसी तरह मुझे बैठने के लिए थोड़ी सी जगह मिल गई । कपड़ों के पहनावे के हिसाब से उस डिब्बे में मैं किसी अलग ही वर्ग का व्यक्ति नजर आ रहा था । लोगों के पसीने एवं कपड़ों की बदबू से मन भिन्ना रहा था । जनरल डिब्बा ट्रेन में सबसे पीछे लगा होता है । इस कारण यह डिब्बा प्लेटफार्म के सबसे पीछे या किसी किसी स्टेशन पर प्लेटफार्म के

बाहर ही रह जाया करता था । इस कारण प्लेटफार्म का कोई भी अच्छा रिफ्रेशमेंट स्टाल नहीं दिखता था कि चाय या नाश्ता लिया जा सके । कोई-कोई चायवाला चाय बेचता नजर आता । शाम होते-होते मेरे सिर में दर्द महसूस होने लगा । स्टेशन पर उतरकर चाय लेने की हिम्मत नहीं थी क्योंकि डिब्बे की भीड़ को चीर कर जाना और जाकर वापस आने की हिम्मत मुझमें नहीं थी । फिर डर भी लगता था कि उतरूँगा तो कोई मेरी सीट पर बैठ जाएगा । मैंने बैठे रहना ही उचित समझा । बहुत देर से मैंने बाथरूम जाने की इच्छा दबा रखी थी । जब बर्दाश्त की सीमा पार होने लगी तो मजबूरन मुझे उठकर बाथरूम जाना पड़ा । बाथरूम खोलते ही अंदर की गंदगी और बदबू से लगा चक्कर खाकर गिर जाऊँगा । पर पेशाब करना जरूरी था । बाथरूम अंदर से बंद कर नाक जोर से दबाकर आँखें मूंदे मैं लघुशंका मिटाने लगा । पेशाब करने के उस डेढ-दो मिनट के अनुभव को शायद वही समझ सकता है जिसने उस परिस्थिति का सामना किया हो । बड़ी मुश्किल से लघुशंका मिटाकर झट से बाहर आकर मैंने राहत की साँस ली और अपनी सीट पर बैठा । किसी तरह यात्रा तो पूरी करनी ही थी । मैंने अपने सामान को कड़ी निगरानी में रखा था । पैसे को पैंट की अन्दर की पॉकेट में डाल रखा था और बीच-बीच में बराबर चैक करता रहता था । खाने का सामान साथ में था पर डिब्बे के माहौल में खाने की इच्छा हो ही नहीं रही थी । भले ही सिर में दर्द भरा था, मन खिन्न था, पर एक संतोष था दिल में कि कष्ट से ही सही समय पर मुंम्बई पहुँच जाऊँगा इंटरव्यू देने के लिए ।

शाम के बाद रात का अंधेरा छाने लगा । गाड़ी किसी स्टेशन पर रूकने के बाद चल पड़ी । गाड़ी ने थोड़ी गति पकड़ी ही थी कि एक व्यक्ति जो डिब्बे के गेट के पास खड़ा था चिल्लाने लगा—अरे अरे मेरा पर्स छीन लिया । किसी बदमास ने उसकी पॉकेट से पर्स छीन कर निकाला और चलती ट्रेन से कूदकर भाग गया । डिब्बे में थोड़ी सनसनी-सी फैल गई । लोग उससे पूछने लगे और वह विलाप करने लगा—मेरा पर्स ले गया, मेरा टिकट भी उसमें था, करीब डेढ हजार रूपया भी था ।

रात गहराने लगी । रात को मुझे भूखे ही रहना था । लोग बैठे-बैठे ही ऊँघने लगे और एक दूसरे पर लुढ़क-लुढ़क कर सोने लगे । झपकी मुझे भी आती थी पर सामान पर ध्यान लगा होने के कारण नींद तुरंत टूट जाती थी ।

आधी रात में कई बार मन होता कि कहीं भी पैर फैलाकर सो जाएँ, पर ऐसा करना संभव ही नहीं था। नींद और बेचैनी में रह-रह कर मन अंदर से रोने जैसा हो जाता। खैर, किसी तरह रात कटी सुबह की रोशनी थोड़ी-थोड़ी दिखने लगी। सोच कर राहत मिली कि सुबह सात बजे मुम्बई पहुँच जाऊँगा। परंतु पता चला कि गाड़ी करीब ढाई घंटे लेट चल रही है। मुझे बेचैनी का एक और झटका लगा। गाड़ी साढ़े नौ बजे मुम्बई पहुँची।

इंटरव्यू कंपनी के दफ्तर में रखा गया। साढ़े दस बजे रिपोर्ट करना था। ट्रेन से उतरने के बाद इतना टाइम भी नहीं था कि कहीं किसी लॉज या होटल में रूक कर नहा-धोकर, तैयार होकर इंटरव्यू के लिए जाएँ। बस जल्दी-जल्दी स्टेशन के वेटिंग रूम में किसी तरह हाथ मुंह धोकर तैयार हुआ। यात्रा में पहने हुए कपड़े खराब हो चुके थे, सो कपड़ा बदलकर सीधे इंटरव्यू के लिए निकल पड़ा। कुल बीस लोगों को बुलाया गया था। सब मुझसे पहले पहुँच चुके थे। सबके रजिस्ट्रेशन का काम पूरा हो गया थ। इंटरव्यू भी शुरू हो गया था। मैंने जल्दी-जल्दी अपना रजिस्ट्रेशन कराया। मेरा इंटरव्यू के लिए पाँचवा स्थान था। करीब पौने बारह बजे मुझे इंटरव्यू के लिए बुलाया गया।

इंटरव्यू में जाने से पूर्व मैं बुरी तरह घबड़ा रहा था। बदन की थकान, दिमाग में भारीपन, मन खिन्न और सिर में हल्का दर्द-ऐसा लगता था सब कुछ भूल गया हूँ, कुछ भी जवाब नहीं दे पाऊँगा। गया इस सर्विस का अवसर हाथ से।

मैंने इंटरव्यू रूम में प्रवेश किया। दो व्यक्ति बैठे थे इंटरव्यू के लिए। एक ने मेरा नाम पूछा फिर मेरी शैक्षणिक योग्यता के बारे में चर्चा करने लगे। दूसरा व्यक्ति हमें चुपचाप देख रहा था, दो-तीन मिनट के बाद उन्होंने पूछा-मि. कुमार आप चेहरे से परेशान और थके हुए लगते हैं, तबियत ठीक नहीं है क्या ? मैंने बताया कि ट्रेन यात्रा की थकान है, ट्रेन लेट होने के कारण मुझे ट्रेन से उतरकर सीधे यहाँ इंटरव्यू देने आना पड़ा है। उन्होंने आश्चर्य व्यक्त करते हुए कहा-हमने तो आपको हवाई जहाज या ट्रेन के वातानुकूलित श्रेणी में आने की सुविधा दी थी, फिर यात्रा की थकान का प्रश्न कहाँ उठता है। मैंने संक्षिप्त में उन्हें बताया कि मैंने टिकट तो एसी क्लास का ही लिया था पर एसी क्लास क्या, मुझे स्लीपर क्लास में भी जगह नहीं मिल सकी, मजबूरीन मुझे जनरल क्लास में यात्रा करनी पड़ी। जनरल क्लास का नाम

सुनते दोनों व्यक्ति आश्चर्य भरी आँखों से देखते हुए एक साथ बोल पड़े–अरे आप इतनी लंबी यात्रा जनरल क्लास में करके यहाँ आए हैं ! मुझे उनकी विस्मय भरी आँखों से कुछ शर्म-सी महसूस होने लगी । मैंने कहा कि सर मजबूरी थी, यदि यात्रा नहीं करता तो इंटरव्यू छूट जाता । उन्होंने फिर कहा– अरे, मि. कुमार टी.टी.ई. को कुछ घूस, कुछ अतिरिक्त पैसा दे देते तो वह बर्थ दे देता आपको । मैंने उन्हें समझाया कि मैंने हर कोशिश कर ली थी, पर ट्रेन में भीड़ थी, शायद सचमुच कहीं जगह नहीं थी, इसलिए मुझे कहीं जगह नहीं मिल पायी । फिर उन्होंने मेरे लिए अफसोस जताते हुए पूछा–मि. कुमार आपके विचार से रेल विभाग में फैली दुर्व्यवस्था का क्या कारण हो सकता है ? मैंने कहा–इस संबंध में मेरे विचार थोड़े व्यापक से हैं । सिर्फ रेल विभाग में ही नहीं पूरे देश में, देश के हर विभाग में दुर्व्यवस्था फैली है । रेल विभाग देश का एक अंग है तो यह इस दुर्व्यवस्था से कैसे बचा जा सकता है । देश में फैली दुर्व्यवस्था के मूलतः दो ही कारण हैं–पहला अनियंत्रित जनसंख्या एवं दूसरा देश में शक्तिशाली परंतु ईमानदार शासन की पूर्णतया कमी । मेरी नजर में देश की हर समस्या मूलतः इन्हीं दो कारणों से जुड़ी है ।

उन्होंने फिर सवाल किया–मि. कुमार, रेल विभाग ने आजादी के बाद इन साठ सालों में तरक्की तो बहुत की है, क्या आप इससे संतुष्ट नहीं है ? मैंने कहा–सर, रेल विभाग तथा कई और विभागों ने सचमुच तरक्की की है परंतु यह पर्याप्त नहीं है। क्योंकि बढ़ती जनसंख्या की माँग के हिसाब से ये सुविधाएँ कभी भी पर्याप्त नहीं रही हैं । विकास जितना आगे बढ़ता है, जनसंख्या एवं माँगें कई गुना आगे बढ़ जाती हैं । फिर जनसंखा नियंत्रित करने का कभी भी कोई भी कारगर कदम आज तक नहीं उठाया गया है ।

उनमें से एक ने पूछा–मैं जब ट्रेन में यात्रा करता हूँ तो मुझे सबसे बड़ी समस्या स्वच्छता एवं सफाई की लगती है । आप का क्या विचार है ? मैंने कहा–सर, आप लोग आर्थिक रूप से संपन्न श्रेणी के व्यक्तियों में आते हैं, इसलिए अवश्य ही ऊँची श्रेणी में ही यात्रा करते होंगे । नीचे क्लास या जनरल क्लास के डिब्बों में सफाई का–बल्कि यों कहें कि गंदगी का जो आलम होता है, उसकी कल्पना भी आप नहीं कर सकते । लोग अक्सर इसके लिए रेल विभाग को कोसते हैं, परंतु मेरा मानना है कि इसके लिए हम यात्री ही ज्यादा जिम्मेदार हैं । रेल का डिब्बा हो, प्लेटफार्म हो, सिनेमा हॉल हो, सड़क हो

या कोई अन्य सार्वजनिक स्थान, हम इन सब स्थानों को जमकर गंदा करते हैं। अशिक्षित और गरीब लोगों की नासमझी तो फिर भी समझ में आती है पर पढ़े-लिखे लोग भी इस कार्य में पीछे नहीं है। रेल के डिब्बे को छोड़िए। एक उच्च कोटि के सिनेमाघर को लीजिए, हम सिनेमा देखने जब थिएटर में प्रवेश करते हैं तो थिएटर के मालिक द्वारा पहले से सफाई कर दी जाती है और हमें साफ-सुथरा थिएटर हाल मिलता है। परंतु सिनेमा देखते-देखते तीन घंटों में पूरा हाल हम देखने वाले लोग पूरी तरह गंदा कर देते हैं-पूरे हाल में पॉपकार्न, कोल्डड्रिंक के गिलास, मूँगफली के छिलके, कागज के टुकड़े, चिप्स के खाली पैकेट आदि पड़े मिलते हैं। हम सफाई एवं स्वच्छता तो ढूँढ़ते हैं पर हम खुद सफाई से रहने की इच्छा नहीं रखते। मेरी बातों पर वे लोग मंद-मंद मुस्कुरा रहे थे।

उन्होंने फिर पूछा कि रेल विभाग की आर्थिक स्थिति हमेशा से खराब ही रही है-क्या कारण हो सकता है ? मैंने कहा-रेल विभाग से मेरा कोई संबंध नहीं रहा है इसलिए इस प्रश्न के सही उत्तर का ज्ञान मुझे नहीं है। परंतु इस संबंध में मेरा एक दूसरा मत भी है। हमारा देश पृथ्वी पर ऐसे स्थान पर बसा है जहाँ मौसम छह ऋतुओं में बँटा है। यहाँ तापमान में परिवर्तन उतना ही होता है जो खेतों और फसलों के लिए सहायक है। धरती पर बहुत सारे देशों में कहीं तापमान माइनस 10^0 से नीचे तो कहीं तापमान की हमेशा अधिकता रहती है। यहाँ अनेक नदियां है। हमारे देश में प्रचुर मात्रा में वर्षा तथा धूप मिलती है, धरती के गर्भ में प्रचुर मात्रा में खनिज, कोयला एवं पेट्रोलियम पाया जाता है। प्राकृतिक संसाधनों से भरे इस देश में यदि यह कहा जाय कि किसी विभाग की आर्थिक स्थिति अच्छी नहीं है तो इससे सिर्फ यही प्रमाण मिलता है कि हम धरती के संसाधनों का उपयोग करने में सक्षम नहीं हैं या संसाधनों का सही वितरण नहीं हो रहा है। मेरे विचार से हमारा देश गरीब या आर्थिक तंगी का शिकार हो ही नहीं सकता। यदि ऐसा है तो इसका कारण सिर्फ यही है कि हम सही ढंग से अपना काम नहीं कर रहे हैं, वरना प्रकृति ने हमारे देश को प्रचुर संसाधन प्रदान किए हैं।

उन्होंने फिर पूछा-रेल विभाग से लोगों की क्या अपेक्षाएं हो सकती हैं ? मैंने कहा-रेल देश का एक अति महत्त्वपूर्ण विभाग है बल्कि देश की लाइफलाइन है। हर एक भारतवासी को रेलयात्रा की आवश्यकता होती है।

लोगों की अपेक्षाएं कि सुरक्षित रूप से आराम से यात्रा पूरी हो और हम समय पर अपने गंतव्य स्थान पर पहुँचें। ट्रेन लेट न हो। यात्रा में सामान चोरी या पॉकेटमारी की चिंता न हो। रेलकर्मी लोग आत्मीयता से पेश आए। यात्रीगण एक दूसरे को एक देश का निवासी मानकर अपनों का भावरख एक दूसरे की मदद करें। हम रेल को सार्वजनिक संपत्ति मानते हुए इसका इस्तेमाल करें।

मेरा इंटरव्यू समाप्त कर दिया गया। मैं बाहर निकला तो अचानक मन में एक तेज झटका लगा और मैं घबराने लगा। इन्टरव्यू के कमरे से बाहर निकलकर मुझे खयाल आया कि उन लोगों ने मुझसे मेरे विषय के बारे में तो कुछ पूछा ही नहीं। मुझे लग गया कि मेरा सेलेक्शन नहीं होगा, मुझे यह नौकरी नहीं मिलेगी।

परंतु शाम में ही रिजल्ट निकाला गया। मेरा सेलेक्शन हो गया था। ये पूरी रेल यात्रा, इसकी पूरी घटना मेरे जेहन में किसी कहानी की तरह याद है। मेरे कई भारतीय मित्र कई जानने बाले इंग्लैंड में बसे हैं–सभी सम्पन्न हैं, सभी खुश हैं। हो भी क्यों नहीं–यहाँ सम्पन्नता है, अच्छी व्यवस्थाएं हैं, जिंदगी आसान है, भीड़भाड़ नहीं है, जद्दोजहद नहीं है, सार्वजनिक स्थानों पर समुचित व्यवस्थाएं हैं, अपनापन है। हमारे मित्रों को अच्छा लगता है कि अपने देश की दुर्व्यवस्था से वे बहुत अलग हो चुके हैं। पर मुझे यहाँ इंग्लैंड में अच्छा नहीं लगता क्यों कि मैं चिन्तित हूँ–अपने देश के लिए अपने देशवासियों के लिए।

□□

बिटिया रानी

इक्कीसवीं सदी में 15 वर्ष से ज्यादा वक्त बीत चुका है । आजादी के 68 वर्ष के बाद भी हिंदुस्तान के अनेक वर्ग अतिशय गरीबी में जी रहे हैं । देश की प्रायः सभी लम्बी दूरी की ट्रेनों में पेन्ट्रीकार लगे होते हैं । पेन्ट्रीकार का वेयरर भी ऐसा ही वर्ग है जो गरीबी में ही जिंदगी गुजारता है । जिंदगी भी ऐसी कि घर-परिवार से प्रायः दूर ही रहना पड़ता है ।

पंजाब मेल के एसी-2 कोच में नरेन्द्र और निशा अपनी दो वर्ष की बेटी पिंकी के साथ यात्रा कर रहे हैं । इस कोच की बगल में ही पेन्ट्रीकार लगा है । रामकिशन (पेन्ट्रीकार वेयरर) यात्रियों से खाने का आर्डर लेता है। नरेन्द्र और निशा से भी वह खाने का आर्डर लेता है । वहीं उनकी बिटिया पिंकी मम्मी-पापा से टॉय-टॉय बातें कर रही है । रामकिशन बिटिया का गाल छूकर प्यार करता है और फिर बोलता है-सर, यदि मुन्नी के लिए कोई जरूरत हो तो बताइए ।

थोड़ी देर बाद रामकिशन टाफी, चिप्स आदि बेचते हुए गुजरता है । नरेन्द्र एवं निशा की केबिन में झाँककर पूछता है । पिंकी को देखकर फिर रूक जाता है और टाफी निकालकर पिंकी को पकड़ा देता है । निशा बोल पड़ती है-अरे, मैंने तो टाफी नहीं माँगा था । रामकिशन बोलता है-कोई बात नहीं मैडम यह टाफी मैंने अपनी ओर से मुन्नी को दिया है । रामकिशन पिंकी को फिर गाल को छूकर प्यार करता है और आगे बढ़ जाता है ।

थोड़ी देर बाद रामकिशन फिर आता है । इस बार वह कुछ बेच नहीं रहा है । केबिन में धीरे से झाँकता है । कुछ क्षण खड़े होकर पिंकी को गोद में लेकर प्यार से पूछता है-आप का नाम क्या है ? पिंकी तुतली आवाज में अपना नाम बताती है । रामकिशन बोलता है-मैं आप के लिए बिस्कुट लाया हूँ लीजिएगा । फिर वह बिस्कुट का डिब्बा पिंकी को पकड़ाता है । फिर प्यार

से गाल छूकर प्यार करता है और नीचे उतारकर चला जाता है ।

निशा को रामकिशन की हरकतें अटपटी लगती हैं । वह नरेन्द्र से कहती है कि यह आदमी पिंकी से कुछ ज्यादा ही अपनापन दिखा रहा है । मुझे इसकी हरकतें कुछ ठीक नहीं लगती हैं । जमाना बहुत खराब है । ट्रेन में अक्सर अप्रिय घटनाएँ घटती रहती हैं । कौन किस रूप में आएगा और दगा कर जाएगा, इसका कोई भरोसा नहीं है । नरेन्द्र ने निशा को सांत्वना दी कि यह आदमी पेन्ट्रीकार का वेयरर है । यह कुछ ऐसा-वैसा नहीं करेगा ।

गाड़ी पूरी रफ्तार से चल रही थी । नरेन्द्र किसी किताब के पन्ने उलट रहा था । निशा भी मैगजीन पढ़ रही थी । सब लोग अपने आप में या आपसी बातचीत में मसगूल थे । पिंकी इधर-उधर चहल कदमी कर रही थी और कभी-कभी दूसरे यात्रियों से अपनी तुतली आवाज में बातें कर रही थी । निशा बाथरूम जाने को उठी और नरेन्द्र से बोली कि पिंकी का खयाल रखना ।

निशा थोड़ी देर बाद बाथरूम से वापस आई तो देखा कि पिंकी नहीं दिख रही है । उसने अगल-बगल की केबिन में भी झाँका पर पिंकी नहीं दिखी । निशा ने नरेन्द्र को झकझोरा और काँपती आवाज में बोली, उठो देखो पिंकी नहीं दिख रही है । नरेन्द्र ने भी पिंकी को खोजने की कोशिश की पर पिंकी पूरे कोच में नहीं दिखी । अब तक निशा का रोना-धोना शुरू हो चुका था । वह नरेन्द्र को कहने लगी–वही वेयरर ही पिंकी को अगवा कर लिया होगा । मुझे लग रहा था कि वह वेयरर नहीं है कोई बदमाश है जो वेयरर के रूप में आया है । मैंने तुम्हें पिंकी का ध्यान रखने को कहा था पर तुमने मेरी बात को एकदम गैर जिम्मेदारी से लिया । पता नहीं वह पिंकी को कहाँ ले गया होगा । नरेन्द्र अपने सहयात्रियों से पूछताछ करने लगा । एक यात्री ने कहा–एक वेयरर को उन्होंने पिंकी से बातें करते देखा था ।

नरेन्द्र भागकर पेन्ट्रीकार की ओर गया । पेन्ट्रीकार में उसने रामकिशन को ढूंढ़ना शुरू किया । पेन्ट्रीकार की एक केबिन में सीट पर पिंकी बैठी थी, रामकिशन नीचे बैठा था और पिंकी से हँस-हँस कर बातें कर रहा था । पिंकी के बगल में एक प्लेट में कुछ ड्राई फ्रूट रखे थे और पिंकी उन्हें चुन-चुन कर खा रही थी ।

नरेन्द्र थोड़ा नाराज होकर रामकिशन से बोला कि बिना बताए पिंकी को वहाँ क्यों लेकर आया है । रामकिशन बोला–पिंकी कोच में अपनी मम्मी के

पीछे-पीछे बाथरूम तक आ गई थी । मैडमजी ने पिंकी को नहीं देखा । संयोगवश मैंने देख लिया । मैंने सोचा पाँच मिनट पिंकी के साथ खेल लूँ। मैं बस आने ही वाला था पिंकी को छोड़ने । चलिए सर जी, मैं पिंकी को ले चलता हूँ ।

नरेन्द्र आगे-आगे जाने लगा, पीछे रामकिशन पिंकी को गोद में लेकर जाने लगा । नरेन्द्र को खाली हाथ देखकर निशा चिल्ला पड़ी-पिंकी कहाँ है ? तब तक रामकिशन भी पहुँच गया । निशा ने जैसे पिंकी को रामकिशन से छीन लिया और बिफर पड़ी रामकिशन पर-मैं जानती थी कि इस आदमी की नीयत ठीक नहीं है, इसकी हरकतें बताती थी कि यह पिंकी को अगवा कर लेगा । कहाँ ले गये थे तुम पिंकी को । नरेन्द्र ने निशा को चुप कराने के लिए कुछ बोलना चाहा तो निशा नरेन्द्र पर भी बरस पड़ी-तुम चुप रहो । मैंने तुम्हें आगाह किया था इस आदमी के लिए कि यह मुझे ठीक नहीं लग रहा है, हमें सतर्क रहना चाहिए, पर तुमने मेरी बात की कोई परवाह नहीं की । आज हम पिंकी को खो देते तो क्या होता ?

रामकिशन को आशा नहीं थी कि उसकी इस छोटी-सी बात से इतना बड़ा तूफान खड़ा हो जाएगा । वह घबड़ाया-सा खड़ा था । फिर हाथ जोड़कर बोल पड़ा-मैडमजी मुझे माफ कर दीजिएगा, मेरे कारण आपको परेशानी हुई , परन्तु मेरा पिंकी को अगवा करने या नुकसान पहुँचाने का कोई इरादा नहीं था । मैं तो पिंकी के साथ पाँच मिनट खेलने के लिए ले गया था । निशा बोली-मैंने आज तक किसी वेयरर को यात्रियों के बच्चों से इतना प्यार जताते नहीं देखा, किसी गैर के बच्चे से इतना प्यार जताने का मुझे कोई कारण समझ में नहीं आता । मुझे तुम्हारी नीयत बिलकुल ठीक नहीं लगती ।

रामकिशन बोला-मैडमजी, दरअसल मेरी भी पिंकी जैसी करीब दो साल की बेटी है । आज उसका जन्मदिन है, सो आज मुझे अपनी मुन्नी की बड़ी याद आ रही थी । कहते-कहते रामकिशन की आँखें डबडबा गई । वह आगे बोला-पिंकी को प्यार करके तथा उसके साथ दो पल खेलने से मुझे अच्छा लग रहा था । आज जबकि मेरी मुन्नी का जन्मदिन है, मैं उसे प्यार करना तो दूर देख भी नहीं पा रहा हूँ, पिंकी को प्यार करके मुझे अच्छा लग रहा था । मैडमजी मेरी वजह से आप लोगों को परेशानी हुई, मुझे माफ करिएगा । इतना कहकर रामकिशन चला गया ।

निशा अब शांत हो चुकी थी। उसके चेहरे पर पश्चात्ताप के भाव झलकने लगे। उसे लगा अनजाने में उससे गलती हो गई। निशा ने नरेन्द्र से रामकिशन को बुलाने का आग्रह किया। रामकिशन आया तो निशा ने अपने पर्स में से 1000 रुपये का नोट रामकिशन को देकर बोली मैं अनजाने में तुम्हें बहुत् कुछ बोल गई। यह मेरी ओर से तुम्हारी मुन्नी के जन्मदिन के लिए है। कोई अच्छी-सी ड्रेस, मिठाई और खिलौना लेकर देना। रामकिशन ने पहले तो रूपये लेने से इन्कार किया फिर मैडम के पैर छूकर पैसे लेकर चला गया।

□□□